12元的高雄

黃信恩——著

故鄉的山頭紅了。每年五月中下旬，城之西的山頭，便一簇一簇地點紅，夏日的熱烈早已從山邊展開了。

目次

卷二　北兜

卷三 南轉

卷四　西遊

自序——小眾運輸，大城紀事

公車是城市交代細節的工具。

學生時，有次我從亞庇飛往山打根。飛機降落山打根後，我問工作人員何處等公車，他說沒有。這和我從網路聽來的消息是違背的。我苦找站牌卻徒勞，眼看私用車、飯店小巴陸續接走乘客，人群漸少。問了幾位華人，他們沒搭過。後來問了一位馬來人，他說必須走出機場，右手邊有間學校，對面就有公車到市區。

循著指示前去，確實有間學校，對面有座疑似候車站的建物，但沒人候車。趨近，亦無任何號碼、路線等公車牌示，就是一個簡單的遮篷。我心想：真的有公車會經過嗎？多久會來？

愈想心愈慌。然後，竟下起雨來。正當撐傘想著攔計程車時，一台銀色van開來對我按喇叭。

緊接著車停，門開，司機說了一段我聽不懂的馬來話。這是公車嗎？我感到困惑。

「To Sandakan?」我問。司機點頭。我趕緊跳上車，此時是私用車、計程車、公車都不重要了，能到市區就好。

上車後，我問司機費用，他說二令吉。Bingo，我知道，這是公車，只有公車才是這個價。

看一下車內，無華人面孔，應多為馬來人。車子駛過一段路後，轉進某條上坡徑，繞入一個社區，只要候車亭有人，即使無招手攔車，司機也靠近鳴喇叭，開門，說了一段馬來話，然後關門離去。荒疏的黃土邊、避雨的大樹下，沒有站牌，卻有人上車。有人像是司機的親朋，坐上車就聊起來；有人從車外遞來瓜果給乘客，順便交代一些事；甚至，車在某個工廠外突然停了下來，接著對街來了三位乘客，衣髮濕透而上車。

似乎有原則，又似乎無原則。消失的站牌，可妥協的路線，既公且私。車子在社區晃了一會，接著又回到主幹道上。

仔細觀察，這是一台改裝成公車的van。共三排座位，加上副駕駛座，約可坐十位乘客。車門被改裝，可自行開關；而下車鈴就在天花板上。車錢，下車給。

大約四十分鐘後，車抵山打根總站。乘客隨即四散，我立在車站，感到恍如一場夢。搭公車成了旅行中的實驗。

但事後當我離開山打根，記憶裡最濃烈的是這段四十分鐘的車程，勝於西必洛雨林內的人猿或市區骨董般的魏亞貴大酒店。

謎樣的站牌、漂浮的時刻表、陌生的文法，搭公車成了一種解碼。何時投幣、何時按鈴、單邊設站、延駛班次……，太多太多的潛規則在每一條路線噤聲。公車似有一種秩序，是乘客默許的，他們知道車會停在哪、幾點來，即使沒有站牌、動態APP仍未發明。

小城如此，大城亦是。日後當我旅行曼谷、馬尼拉或仰光，陷在車煙瘴氣中，苦尋不著站牌，看著當地人嫻熟地等公車、攔公車、上公車，彷彿有套內建的公車系統，家務事般的，是不向觀光客表露的。

在馬尼拉，公車除了大巴，就是吉普尼（jeepney）。這是由二戰時美軍留下的吉普車改裝來的。車輛繁多，捷運站外鳴聲擾嚷，攬客聲嘶力竭。吉普尼車身裝飾豔麗，乘客屈膝蹲低登上車，擠坐兩條長凳上。沒有明確站牌，車陣中就能上車。藉乘客遞錢給司機，若找錢，再遞回。但車資我總搞不懂，坐過八．五披索，也坐過十一披索。敲敲天花板，車子就為你停下。在那個時空裡，司機與乘客帶著微笑給我指引，揭露了法則，我認識了一座不是傳言裡，那勒贖、槍響與搶劫的馬尼拉。

旅行時，我大概會把一些時間留給公車，雖知耗時卻有其樂趣。有時就是單純坐車，人進人出，讓公車交代這地的日常——一城的漆色、衣裝、食肆、小販、廣告、綠化。車內車外，公車載著無飾的風景，東西南北，內環外環，大巴小巴，走過邊邊角角，撿拾旁枝末葉，還原土地形廓。

有次我從印尼泗水搭車往Probolinggo。中途休息時，前門一連上來七、八位小販，揹腰包，有人徒手抓了好幾瓶飲料，有人手掛零食串，彼此商品同質性極高。一眨眼，他們又從後門下車了。不久車啟動，上來一位婦人，她從提袋中掏出喇叭與麥克風，調一下音量，接著開始唱歌，嗓音略粗帶點砂礫感。唱畢，端出打賞箱，一步晃一步，逐排向乘客躬身微笑。半小時後，我突然想到：人呢？往車後看，婦人已不見，司機已無聲地讓她在公路邊下車，車流中繼續她的人生。

旅行在東亞，常覺得城市的性情會感染公車。

搭上九龍彌敦道上的雙層巴士，車與車，甚至與行人、店家擦身來去，貼得緊密。巴士往直的發展，招牌往橫的發展，那是世界上稠密的極致。香港絕對不會有山打根的性情，車開車關車走，沒有囉嗦，都是俐落，都是效率。

從渋谷搭往池袋的公車，會發現東京不擅於公車路網。班距稍長，路線稍少。或許厭惡停頓，沉迷於快特、特急、急行等速率追求，這城更多的細節在地鐵裡。但我對東京公車最深的印象，是過於禮貌的西裝司機。上車一聲請與謝謝，下車也是，從外在到內裡，這城都講究。

相對於東京，首爾的公車顯得綿密也廉價。一張T-money卡，公車轉公車，半小時內免費。這城的公車醒得特早，狂歡一晚，凌晨四點多，迷濛坐上跨越漢江的頭班公車，車內已有信徒，前往汝矣島上的教會晨禱。

公車路線或許多從城市主幹開始，印證一條條群眾的移動軌跡、生活共徑，那是上班、求學、買菜、就醫、信仰的故事。

有時在高雄搭公車，全車連司機共三人，我會想：這「小眾」運輸，也能交代一座城的日常嗎？

但無妨，至少它能負載。載過我的求學日常，帶我領略高雄。用12元來載。

第一次遇見12元是小五那年。那還是一個冷氣公車剛萌芽的年代，有次我攔到一輛冷氣公車，28路，上車投了半票六元，司機說：「你長這麼大，要投12元。」

那時，公車票價只論身高，不論年齡（現改為十二歲以下享半票）。所以在十一歲那年，我就得開始買全票。身長似乎在某些時候，也會帶來一些劣勢。

到楠梓、到左營、到小港、到鳳山，那時全市公車一律一段票，上車投幣——普通車十元，冷氣車12元。穿遊城市毋須有分段點、緩衝區、段號證的概念。只是十元公車日漸凋零，高一時搭過幾班，之後就在城裡消失了。

高中是我搭公車的尖峰。那是個紙卡月票的年代，我辦過幾次。貼張大頭照，學生票三百元一張，共六十格，普通車剪一格，冷氣車剪兩格。在悠遊卡與一卡通嗶嗶來去的今日，紙卡顯得原始，卻有一種溫度。

大學時開始騎車，但因兼了小港、前鎮的家教，路程稍遠，於是在火車站轉搭12路、301路、機場幹線等公車，生活版圖也延伸至所謂的「南高雄」。

畢業後一年，二〇〇八年，高雄進入捷運時代。那年十月，我離開高雄至外地工作，一晃就是十二年。十二年，縣市合併了，輕軌出現了，港區建物一座比一座前衛；再一段時間，那些鐵道之上的陸橋、之下的地下道都消失了，火車潛入地底；有些百貨商場熄燈了，有些新降臨；那年幼整街牛排館的夜市、同學追星的商圈，舊愛之地已鬆動，還留存幾分呢？生活在這城，新的來得太快，念舊似乎不宜太多，那會悲傷，得學著放手。

如今雖不像學生時頻密搭公車，但每當回高雄，出站總會轉一班公車，感應票卡，扣下熟悉的12元，彷如一種通關密碼。而公車路線變得更多更長更遠，兩段、三段票公車也出現了。後來取消分段，改里程制，超過八公里算第二段，並推出「一日兩段吃到飽」等方案。無論優惠多繽紛，基礎起始單位仍是12元。

或許因為我搭的這條線乘客不多，我常觀察到，不少人即使從後門下車，也會回頭向司機道聲謝謝。上車一次，下車一次，我知道，這是高雄。公車其實也交代了這城的細節——不涼薄，可能又多那麼一點溫厚與感激。

《12元的高雄》發想於公車，實則寫母城：高雄。是的，高雄是名副其實的母城，母系親族生於此，長於此，也老於此。這本書構想早，但正式提案是二〇一二年，全書收錄二〇〇六至二〇二〇年間作品。期間常常事忙就擱著，慢吞吞的寫作進度，一度一年僅寫一篇。有時不免這麼想：會不會成書時，公車票價就不再12元了？

謝謝九歌出版社的陳姐、高雄市政府文化局的美秀姐，願意等待，願意寬容；這本書有多篇文章曾在副刊發表，謝謝這些默默第一手閱讀也予回饋的編輯；謝謝寫作路上，一直支持與陪伴的好友妮民；更謝謝高雄這塊土地與其上的人們，是這些流轉的故事，厚實了這本書。

二〇二〇年歲末，成書之際，高雄持續脫胎，許多文中地景與敘述又得更新調整。但也唯有這樣的時間跨度，才知道城市的速度，才知道12元的不易，縱使日後調漲，12元已成一種指認，一種連結，對應生命中曾經的交通往復，我城的微紀事。

黃信恩　於二〇二〇年十二月

卷一

市井踅

溝流

這是一段流過繁華之心的惡臭。

一九九七年夏，高中聯考放榜，我如願考取高雄車站旁，所謂的第一志願。認識雄中以前，我先認識這條溝。

溝，水色灰黑帶點墨綠，邊角漂聚著落葉、枯枝、紙屑、空瓶，渣渣滓滓。它非死水，會流，但不是潺潺與涓涓，而是慢慢，慢慢，近乎淤、濁、汙、滯。兩岸路名把溝做河讀，彷彿有了律動。溝北稱之河北路，溝南謂之河南路。但溝，名目不詳，大家都叫臭水溝，官方稱二號運河，老一輩或念大港圳。

中山路，自立路，中華路，自強路，溝一路西流，匯入愛河。從此泱泱大器，有名有實。為了市容與都更，愈往下游，體面的趕走狼狽的。榮景曾傍河而立，或從鹽埕渡河，徙至前金與新興。

我。

放榜後，我陸續收到補習班傳單。某日前往試聽，按圖索驥，就來到溝邊，一男子叫住

「可以借點錢讓我回家嗎？」

他矮瘦，眼袋黑，唇色深，臉部坑坑洞洞。自述來自蘇澳，錢包掉了沒錢買票，證件也全遺失，高雄無親無故。若能籌錢，返家後當寄還。

我掏出皮夾，有張千元大鈔。但學生時的我，經濟未獨立，捨不得以千元兌換路邊一張無憑據的允諾，於是倒出銅板，撿撿湊湊，遞給他。

「不用還了，給你。」我說。

我以為會換得一句謝謝。不料他卻開口：「不夠，太少了。」希望那張千元大鈔。

我拒絕。他的貪心讓我遲疑，懸崖勒馬地醒覺。

那天回家，我將借錢乙事告訴家人。

「假的啦，你也相信。後來給他多少？」

「不清楚，零錢都給了。」

肯定是賭或嫖，家人說。我無法考據真相，但愈想疑點愈多。

開學前我都在溝之屬地上試聽、領贈品。一間換一間，終了和朋友團報河北路上某華廈二樓，名「哈佛」的補習班，莊青原數學。

開學後每週三放學，我先在南台路果腹，再往補習班報到。約莫晚間九點，河北路以北，建國路以南，自立路以東，中山路以西，這區塊內的補習班同時開閘，各式制服滿街流動。

「同學注意，盡量走建國路，河北路較暗。」偶爾會有這樣的叮嚀。

起初我遵此路線行，久成公式，不免單調，便改換小巷徑或河北路。

一個異界演現了。載清涼女郎的小黃，從身邊粗魯駛過。抬頭一望，大旅社、賓館、商旅、Motel，霓光明滅，睡與宿的同義詞在招牌上抽換，偶得SPA、指壓、護膚等字眼。可別以為全做黑，大多合法執業，只是窗光熄去，房內老漢推車、殘廢澡誰也管不著。

毗鄰的娛樂場與俱樂部，忽聞撞球出桿，連環碰，大珠小珠落玉盤；不然電玩聲效四方起，格鬥，闖關，摘金幣……激動拍案，今夜不勝不歸。而門一開，空調逸出，撲來的寒氣總混著陳年菸味；還有食堂車攤，總是淡定，管那翠翠紅紅，飽暖先於思淫慾，有飯有麵，有粥有湯，不精緻，但允甜允鹹；偶然也見數戶透天厝，關上門，應是尋常百姓，看慣煙花柳巷。

儘管如此，仍有教堂、神學院混其中而立，高舉十字架。初看覺得突兀，久了好像也是一種為了成光成鹽的入世。

走著走著，一學期就過了，什麼事也沒發生。應是河北路自動將我分別、拋下。溝，其實不妖異，只是慾望多了點。金榜題名的慾望，飽嗝的慾望，生計的慾望，解禁的慾望。

直到一次補習班調課，除了時間改週六晚，所有異別僅是制服改便服。

「哈囉！」大約是繼光街口，有人叫住我。

我轉頭。女子酒紅鴨舌帽，粉底層層覆層層，但彷彿又禁不住年歲重量，無法勻稱，有著掉落的色差。

她貌近中年，倚機車蹺腳，黑絲襪，高跟鞋，橘紅窄裙短得不能再短。見了我突然抬腿換腳蹺，彷彿動作再稍大，就要露出蕾絲邊之類的。

她微笑，問：「要按摩嗎？」

我愣一下，然後走了。沒有追纏。她或許習慣這類已讀不回、單進單出的互動。

那是第一次，河北路向我對話。很簡短，有意無意的招呼罷了。

幾個月後，有次週末來到八德路的同學家溫書。傍晚返車站，臨溝過橋之際，一男子花格襯衫西裝褲，髮甚短，白了大半。他穿拖鞋，一腳踩踏墊，一腳垂地，騎機車緩經我身邊，問：「還在當兵，欲玩嗎？」

當我仍未回神時，他已駛離。我想，他應是傳言裡的三七仔。我的同學不少人亦經驗過。多數疾離不語，少數聊幾句便去。或許是我生活圈單純，只聽聞兩例成交，一例覺得是唬爛，一例是同學的朋友。然而我們歸納出三七仔潛規則：挑便服不挑制服。

這條溝仍有教堂混其中而立，高舉十字架。初看覺得突兀，久了好像也是一種為了成光成鹽的入世。

嗰——高中就過完了。整整三年，河北路給我的話，就這幾句。

畢業後，我重返溝之屬地係因英語查經班。當年《空中英語教室》雜誌團隊，每週會有一晚，至河北路的教堂唱詩、團康、宣教。會後步出教堂，三七仔駛過身邊：「帥哥你好，要不要叫妹妹？」

我沒應，也不覺得他是有害的。看他前去的背影，反覺一種營生的蒼涼。他沿街問了幾位，不是低頭，就是搖手。

參加幾次查經後，因外務繁多，我就此打住。

「去貓仔間。」直到服役時，有位二兵和我提及河北路三兩事。溝，又在記憶裡復流。

「什麼妹妹，是姊姊吧！」他說。上次休假，出了車站，三七仔花言幾句，慫恿搖墜，便到貓仔間。台灣中國越南，據說日韓也有，一種亞洲縮影。全套，半套，泰國浴，口，手，刑具，招式齊全。

他付了低於行情的一千二，房迫仄，被單濕潮。服務他的是台女，年約四十。

「她有和你說什麼嗎？」

「先叫我戴套。」

「然後？」

他答得害羞。我停止追問，只覺自己好奇多於關心。不如就看《壹週刊》，鹹腥露骨的，或是感性如娼妓心境，每期都是。

當年他十九歲。父親離家，母親與同居人行蹤飄忽。他半工半讀，高職肄業就等服役。退伍那天，他來醫務所，留給我一句話：以後身邊有工作，記得找他，他需要收入。

二〇一〇年，高雄河川整治，政府為溝票選命名。溝像是取得一種入籍，有了正式名分：幸福川。

從此，多了秩序感，臭味少了，水色略清。兩岸店家也遷變，哈佛補習班早已搬離，立在透氣磊落的大路上。

這幾年，食肆比高中時多出許多。熱炒、蛋包飯、滷味、雞排、鍋燒麵、茶鋪，從同愛街往河北路延伸，煎煮炒炸烤蒸滷，油油亮亮。

而移工也來了。南洋食品百貨，這鄉愁的移植，從建國路上蓓蕾開花。假日移工聚集車站周遭，牽手，擁抱，挑3C配件，偶玩幾局夾娃娃，嘻嘻鬧鬧晃到溝來。接著，或許解決慾望。溝之兩側，或歧生陋巷，背光小隔間，能躺能洗能做，將就一下。歡樂不過像煙火，出了房便是假日之盡，勞力之始。就怕意外，懷孕僱主不用，只得收拾行囊離境，或墮去續留。

旅社還在，教會還在，神學院還在，鶯鶯燕燕也還在。儘管上了年紀，仍濃妝豔抹。一雙玉臂千人枕，半點朱唇萬客嘗。入夜後照例在騎樓下等是夜新郎。一等，就年華老去，舉起雙臂，肉弛而晃垂。還講什麼慾望？只為生活，不餓與不凍，人生多點安全感就好。

有次我到阿姆斯特丹，數不清的運河，彼此串流交接。溝溝渠渠，竟也成了此城觀光賣點。然而入夜後，水壩廣場寸步之遙，這城市之心擠滿男女老少。多不為尋芳，只為開眼界。櫥窗內無模型，而是真女子，盡皆比基尼，布料走在少而薄的極致。撥髮，搔首，抿笑，招手。顧客上鉤，櫥窗布簾拉上，辦事，別吵，我要過日子。

儘管如此，阿姆斯特丹紅燈區正中央，十四世紀的老教堂仍在。循門前運河流去，便是中央車站。

我想起這條溝，流過城市之心，繁華裡的一段惡臭。能載舟，亦能覆舟。或許沉淪與救贖，彼此存在一種微妙的供需關係。無貴賤，無獨大。學習接納。溝之兩岸，也是一種互補與共生。

親遠鐵道

小時，這城的鐵路給我一種疏離感。對我來說，那只是一條分界，一道阻隔，亙在市中心，分出南北，定義前後站。

九〇年代初，林強〈向前走〉歌詞中鐵路與離鄉打拚的連結，我沒太大感覺，可能年紀還小，不常搭火車；若搭，就是去台南。父系親族多住台南，往往因著探親，我才有機會步入車站，知道剪票、找月台原來是那麼一回事。

長大些稍有地理概念，我發現高雄的鐵道呈L型。若以高雄車站為始，往鳳山、九曲堂本質不是南下，而是東行，要屏東過後，才是真南下；而所謂北上，要先過橋越愛河，在河西路、河邊街戶戶簇成的窗格間轉九十度，才是真北上。

如此巨大的L就這樣劃開高雄市。

鄭文堂導演的《深海》，曾出現跨愛河的鐵路段。劇中主角蘇慧倫在住處，那傍河的陽

高雄鐵路有個彎。所謂北上，要在河西路、河邊街戶戶簇成的窗格間轉90度，才是真北上。（攝於2017年8月，現已鐵路地下化）

台上，晾曬，舞蹈，聽見橋上來往高雄的火車聲。

目睹電影那幕，已是大學生活尾聲了。即使大學留高雄，同樣不常搭火車，卻在這一幕，找到一種親切：因為，我知道過了橋，窗外是壽山，元亨寺就在山腰，接著是果貿國宅、蓮池潭、半屏山、東南水泥廠、液化石油氣塔槽。我的家：左營，它的外廓會在這短短幾分鐘，簡單被帶過。

想來，高中或許是我感受鐵道咫尺之近的一段時光。雄中部分教室近鐵道，課堂間聽著南下列車的減速、北上列車的加速。久久，據說有人甚能細節地感知自強、莒光、復興與區間，然後推算下課鐘響。語彙與作息，雄中人身上或多或少能找到火車的痕跡，不少同學「趕火車」掛嘴邊，有時也成了說服老師提早放學的理由；「火車誤點」則是常有的遲到解釋。有回風災，出現鳳山、屏東整條南下路線集體遲到現象。他們來自的鄉鎮，大概北到路竹，南至潮州，我開始對這些地名有感，釐清它們在軌道上的先後，也才知道，有個生活圈就在這L的延伸裡被劃定。

我在雄中操場，日日聽見列車往復，卻沒理由搭上；如此近，又如此遠。那個沒高鐵的年代，有回難得搭火車，是一班晚間十一點多、高雄始發的復興號，我與同學為了親臨華視超級星期天現場，整夜車廂明亮，睡眠斷碎，近乎清醒狀態，抵達台北天已亮。接著，又玩了一整個白晝，傍晚在攝影棚見了張小燕、庾澄慶，精神仍抖擻。

即使不搭火車，下課後也得往火車站去。那是我密集搭公車的年代，站前即公車總站，多線公車以此為據點，輻射八方，縱橫高雄。當年慣常搭的左楠線，均以火車站為起站，雄中為次站。為了有座，必須到火車站等車。

有次一位欲前往高中籃球聯賽的朋友問我：「雄中體育館哪站下？」

「火車站。」我不假思索地回答，後才發現：不對！雄中門口就有站牌。似乎在我的公車地圖裡，雄中與火車站已融合，是同義的。或許，雄中真的就是一座火車站，每天數千學子從高高屏湧入，同個門檻，卻不同個調性，玩牌、算數理、搞社運、辦聯誼、彈吉他、打撞球、瘋電玩，書卷有人，玩樂有人，大露營也好，阿魯巴也好，快槍俠或雄中四俠都好，歧異度無上限。廁所如此臭，榜單如此金，三年過後，他們往各方散去。雄中便成了轉運站，一個交錯順遂或周折人生的驛站。

退伍後不久，我來到台南工作。起初試著台南高雄通勤：五點多起床，公車轉火車，趕赴八點晨會。很快地，身心俱疲。於是我將間距由日改週。週五傍晚，和人群擠上列車返高雄；週日夜晚，又和人群擠上列車返台南。擠入，擠出，站在一線位置，看見城際人群流動。

列車座席在高雄站就滿了，我上車的新左營站往往無座。轉捩點是岡山，那站會有一批人下車，仔細觀察，多是軍人。我自然習得一個法則：拉環要拉在看似軍人的乘客前，他們可能岡山下車，勿站在學生樣的乘客前，他們多在台南唸書，你得一路站到台南。但想歸想，常常軍人起身，我等著殘留的臀溫散去，位子便又被坐走。

高雄的鐵道是有軍風的。可能這樣的往復，和軍事收放假頻率相吻。鳳山、左營、岡山，陸海空一次到位，這L，劃經三座軍官學校。

我未曾想過，有那麼一天，鐵道由遠到親，成為日常，甚至，走向都有了意涵：北上是工作，屬於週一到週五；南下是放假，屬於週六到週日。

偶爾週末我還會一路南下，放空，經南迴往台東，那時這城沒有太魯閣號，普悠瑪號止於潮州，往復東海岸的新型列車，多是樹林以北的事。這城往東部，多是柴聯自強，車廂

（上）高中是我密集搭公車的年代，火車站前即公車總站，多線公車發於此，故事於是始於斯。（攝於2007年7月，現已拆除）
（下）鐵路地下化前的身影。

中有個復古拱門。不疾馳，悠悠晃晃，與旅遊心境同調。直到二〇二〇年底，南迴全線電氣化，普悠瑪號駛入，南下不守舊，開始競速。

即使新左營已成為我進出高雄的閘口，偶爾我還是會搭到直達高雄的自強。望著窗外我常想，鐵道雖已是生活，卻仍是一條分界，只是這次分出東西：以東瞬息萬變，重劃區內一廈貼一廈，總有新建築打造，樣貌不恆定；以西還是老樣子：果貿、前鋒、內惟，面目與記憶吻合，彷彿一個時空被凍結起來。

轟隆隆，轟隆隆，很快地火車過橋了，愛河底下流。三民國小、中華地下道、自立陸橋、雄中藝能館，高雄，高雄就要到了，請收拾好您的行李，準備下車。而這些地景，這些指認，隨著鐵道地下化，就消失於窗外了。火車過愛河，是再也看不到了。

說也奇怪，看見城市往往是在火車上。唯有此時，與城市保持一段距離，可抽身可涉入，建物後退，細節模糊了，輪廓浮現了；也唯有此刻，親與遠，一比一，各自對壘，在生命裡形成一種拉鋸。

宅在三民

那時我還小，模糊的輪廓裡，只記得車子從某條大路駛進岔路後，是一路的透天厝、中古公寓、鷹架，線條參差，爬滿各式招牌，文市武市混生，人車頻頻攢動。

車子繞了一會，在某巷口停下。這是八〇年代中期，我家遷居高雄的起始之地：三民區。

要到後來懂事，我才知道當年那條大路叫民族路，岔路是鼎山街。而我家位於新民路某條巷子內。

常從長輩口中聽他們稱呼此地「灣仔內」。一開始，我覺得好笑，因為閩南話音似「丸子內」，好像我住在某顆大貢丸或大魚丸內。

灣仔內給我的感覺是很住宅的，而我所居的鄰里僅是其中一角。從家門走出，幾乎不見綠地，全是生硬的線條。密密麻麻的建物，幾戶之隔，門牌便出現不同街名。比方我家這條

路岔出街，街衍出巷，巷長出弄，這樣的格局，造就許多「路沖」，或者「巷沖」、「弄沖」。

巷隸屬新民路，但對面雜貨店門牌掛立忠路，過雜貨店轉角，門牌又換成立志街。新民路、立忠路、立志街，一南一東一北，環抱鄰里，像枝椏歧生，路岔出街，街衍出巷，巷長出弄，細胞分裂，窄寬不一，有連續有斷裂，織錯這片巨大的巢穴。

於是，巷弄的盡頭不時出現某戶家門，但柳暗花明又一村，盡頭處往左右看，又有別條路衍伸來的巷可以通出。出了巷，迎面的又是路上某戶家門。因此，這樣的格局，造就許多「路沖」，或者「巷沖」、「弄沖」。

我無法體會兒歌裡「我家門前有小河，後面有山坡」，窗戶打開，是對棟的窗，窗窗相映，彼此監看。整個空間緊密，巷內堆著戶戶家常——機車、鳥籠、鞋櫃、輪椅、盆栽、四腳拄具、回收紙箱寶特瓶……，空間不足使得生活必須外露，於是電視八點檔頻道、晚餐煎虱目魚、沐浴洗髮飄香、熱水器燃轉聲、麻將划拳聲，或多或少彼此滲透。

但這樣的空間除了居住，還得營生。我家一樓是藥局，隔壁是理髮廳，雖座落小巷，機車卻穿梭頻繁，傍晚時分尤不得安寧。不過這半住半商的營生，還算含蓄的，真正強烈的營生，是兩巷之隔的傳統市場。

「新生市場」四個字寫在新民路上。它外貌不揚，中古房樓外是電線桿、防盜窗、鐵皮屋頂、廣告旗幟，有些招牌殘存燈管與鐵架，水塔兀立樓頂，但五臟俱全，扎扎實實。這市場將三條巷打通，覆以遮雨棚，販著菜肉魚蝦。暈黃燈泡垂懸，三條紅色塑膠繩旋轉驅蠅，雞毛、根莖、魚鱗片、豬肋排，血淋淋，濕漉漉。環市場的住家，經營著布莊、香鋪、鞋店、銀樓、麵粉、海味、五金行等。我常去安成蔘茸行，這間中藥鋪的老闆會送我幾枚宋陳丸，含在嘴裡，酸酸甜甜；母親則常去金暖食品行買肉脯與烏魚子。

「裡面吃還是外面吃？」

「加芫荽嗎？」

位於市場西側的魷魚羹，兼賣壽司，堪稱從小吃到大。羹裡蒜末、木耳、筍絲、蘿蔔丁浮浮沉沉，羹頭不濃不淡，稠度適中，若淋上烏醋，滋味更昇華。而令我垂涎的是魷魚丸，我偏愛這種混搭魚漿與魷魚腳的製法，丸體Q彈白嫩，魷魚塊散雜其中，比例勻稱，爽口不腥。

「冬粉羹小碗，加十塊的料。」我固定的點法。這「加料」指的是加魷魚丸，老闆懂得。

這家魷魚羹搬過幾次，後來落腳市場對街便不再遷移。店面外常有一婦人，推流動攤車，夏日賣剉冰，冬日賣紅豆餅；再過去有一賣雞蛋糕的婦人，勤快倒著麵糊至鐵板上的卡通坑洞，闔上，翻轉，加熱。不久再用鐵針挑出成形的卡通造型雞蛋糕；而附近還有一家脆皮肉圓，酥脆滑嫩的嚼勁，淋上獨門醬料，是我心中的肉圓極致。此外，這家必點的還有米糕，米粒與肉塊質樸香醇，儘管那麼多年，想此二物便覺口涎分泌。

白日市場喧鬧不休，晚間則有夜市沸沸揚揚。位於新民路至大順路間的這段灣中街，會在週間的某幾夜搖身一變，延續日間未熄的衣食慾望；倘若慾望未止，週末想去光鮮氣派的高雄，就步行十分鐘，來到當年的高雄工專搭77路公車，經大統、大立百貨，直抵鹽埕埔外公家。而那時的我以為，77路公車駛向的，才是真正的高雄——人們口中，所謂的、代表性的高雄。

這段三民區的居住故事是短暫的。機能雖好，但父母嫌房小，幾年後我們便遷住左營。而這一住至今就近卅年，左營成為我居住最久的行政區，但生活卻離不開三民區。

那樣的維繫是因為教會。每週我與父母固定去建工大順路口附近的一間教會聚會。一直要到大學以後，我輩紛紛出外求學工作，而我也跟著大學朋友去了別間教會，之後換過幾間，最後因帶一位斐濟朋友找教會，來到河堤社區的雙語教會聚會。而父母仍留在原教會聚會。

除了舊居與教會所交織的人事網絡，三民區於我而言，更徹底絕對的關係是：圈住我完完整整的求學軌跡。

因著父母替我遷戶籍越區就讀，我就這樣在一個行政區內，走過國小、國中、高中到大學。十九年，整整十九年的求學，都在三民區。

但這不孤單。就讀高雄醫學大學時，班上也有幾位同學和我處境相似，甚至還有國小國中大學都在三民區十全路上的例子。

「三民區有什麼景點?」剛進大學時,有外地同學問我。我竟一時答不出來。

後來想想,是因三民區在我童年便植入了「住宅」的概念。它很住宅,很屋樓,很居家。事實上,不只灣仔內,過了建工路,寶珠溝以南到九如路的民族社區,還有整片更龐大的住宅區,一路往鳳山的方向綿延去。看著這些錯落的公寓房厝,大概就能理解,縣市合併前,三民區曾是高雄市人口最多的行政區。

三民區是較不擅於化妝的。它是務實的,不是用來觀光、搞浪漫、或行銷高雄的。它不善感地懷舊,亦不虛榮地自戀,它永遠在當下滾動:工作吧!上學吧!吃飯吧!睡覺吧!

它不亮麗,不文藝,或許少了一些美感,但卻有種踏實的味道。於是,民族路上的果菜市場、屠宰場,正忠路上裹著多少高雄人肚腹的排骨便當連鎖店,甚至鼎山街上的牧場,雖有些已遷離不復見,但高雄市的民生之事多少曾經於此集中再分流。

「冬粉羹小碗,裡面吃。」

「一樣加十塊的料嗎?」老闆娘問我。

大學以後,幾次因昔日會友的婚禮或喪禮,我偶返教會。有時會後來到新民路解饞。

「好久不見!現在在哪唸書?」老闆娘問。

再過幾年,寒暄的內容是:「還在唸書嗎?還是工作了?」但換成老闆女兒問。

一次又一次，我才注意到，老闆的身影多年前已不見，而一段時間後，老闆娘也不見了，後來幾次都是她女兒。

有次我突然想念市場對面巷弄的菜粽，去了才發現已改為素食麵攤。和攤販聊了一下，才知道這些年來，有人中風，有人罹癌，有人洗腎，有人是不會再出現了。比方灣中街上賣臭豆腐與蚵仔麵線的婦人。

她是教會會友，因心肌梗塞離世。告別式那天，我閱讀故人略歷，才知道她的一生不單賣過小吃，亦曾在市場擺攤賣零嘴、當過多年清潔工。她的親友在告別式那天，說婦人辭世前天還在打掃，一生靜不住，都在勞動。

有多少人和她一樣，終身都在勞動？

我想起莊敬路上，常來找母親的芬阿姨。單親媽媽的她，撫養三個孩子，做過木工，經營過早餐店，也清掃醫院，兼開娃娃車；而對街的陳爸爸，育有兩子一女，常在晚間發動機車引擎，晝夜顛倒地往工業區輪班。

不是全部，但我知道不少人定居於此，有著勞碌的身影。

「冬粉羹小碗，裡面吃。」

「這週回高雄，不用值班嗎？加十塊的料？」老闆女兒問。

我點頭。加料，是的。這是我與這攤魷魚羹的默契，暖暖的，一種味覺被記取的溫度，多年來始終如一。並且，沒漲價。但再次來時，店內多了兩位新助手。

對街的脆皮肉圓店還在，且生意興隆；市場內的中藥鋪仍亮著，老闆在店內戴老花眼鏡閱報，兒女早離家在三重的藥店打拚；洗腎多年的肉脯行老闆娘已不在；永遠戴袖套的雞蛋糕婦人不見擺攤。關於這地的事，有些改變，有些沒變。

儘管如此，人們還是照舊認真地過活。工作、升學、勞動、結婚生子。三民區，這座貼著日常而偉大的城，曾經是我的殼、我的宅，千宅萬戶遍地開展，背負多少庶民故事。

總要多年以後，我離開高雄到外地工作，才明白三民區這大宅，原汁原味的生活，才是高雄。

註：二〇一九年再訪新民路，已嚐不到當年那碗魷魚冬粉羹加料了。

果菜城寨

有一年夏天，教會來了一群韓國青年。他們來自首爾，頸上吊著一本宣教手冊，三、四人為一組，以教會為中心，徒步至附近鄰里，摘下宣教手冊，攤開，按著冊上標註的中文發音小抄，逐字念給路人或居民聽。那幾天，每個清晨與深夜，韓國人圍一圈，震耳欲聾地祈禱著。他們說，對於此地有沉重的負擔，往後每年都會來，如此持續十年。

當時我還是大學生，被徵召當幾日的翻譯，並陪著他們走入社區。有天晚餐，我問對座的韓國人今天去哪。

「Fruit town.」他說。

「Where?」我反覆問了幾次。水果鎮？在哪？

透過隨團韓語翻譯，我才知這位韓國人想陳述的是一片建物，那裡看上去像違建，空疏處還可探見鄰近市場內堆成山的爛菜葉、滾落而裂開的瓜果。

次日，輪我跟那組韓國人。我們橫越一條排水溝後，便到了所謂的fruit town。這裡稱不上town，village或許較貼切，甚至僅是一處邊角，臨排水溝，水濁而味重。附近零星荒草與空地，停了一些車，剩餘的就是一片錯雜的建物。紅磚、壓克力板、鐵皮、鋼條……建材裸露，漆色凋褪，若干小廟隱匿其間。

所有建物均不高，讓人有種錯覺——彷彿沒有名目，既無村落之銜，亦無社區之實，只有一群相濡以沫的居住者。

水管、電線、金爐桶、木板，是門外常見的擺設；回收的競選旗幟包捲了一捆捆木材，不平整的布面上積著昨日午後的一窪雨水；鐵皮所及的邊邊角角，蛀滿棕紅的鏽；一部分的鍋碗瓢盆、衣褲鞋襪裸現出來；不遠處則飄來餿菜味，酸酸腐腐。

不少戶大門深鎖。若是三排式鐵門的，也往往拉下兩排，半開啟中央那排。幽暗的裡頭，唯一的光源是神壇。燭火明滅間，坐著老弱或殘疾。

如此寂涼的居所，仍有綠意帶來生機。走入更深處的所在，幾株大樹蓊蓊鬱鬱，綠得發亮，藤蔓沿搭建的木棚展露鮮綠，垂墜瓜果。地面上，盆栽許許，蔬菜自給自足地長著。

「有事嗎？」我們叩了門，便被屋主冷淡地回絕了。

之後接連兩家無人應門。下一家，只聞屋內腳步聲，不見面目，然後下一秒，被拒絕了。

意。

終於來到一戶人家，婦人邀我們入內。客廳無風，但桌上幾杯招待的水，算是難得的善

「信耶穌得永生，不信下地獄。」韓國人坐下，直接用生冷的中文迸出這句。我捏了把冷汗，眼看婦人皺眉，眼神開始分散，一種不耐浮動著。即使如此，韓國人仍口乾舌燥地念完宣教手冊。

「你願不願意和我做個禱告？」韓國人闔冊邀請婦人。

婦人終究是婉拒。她要我轉達：韓國人皮膚很白。關於宗教，謝謝再聯絡。

接著又是幾戶閉門羹。

「出去吧！我要忙。」

「耶穌愛你。」他們對不悅的屋主微笑，並祝福，卑屈地傳著教。此刻，語言是隔閡也是保護，所有語彙裡夾藏的訕笑與輕蔑，都被堵絕了。也好，語言不通的情境下，傳教彷彿更能安心無旁騖。

其實韓國人口中的fruit town，我是認得的。這片建物屈身於民族一路旁，以寶珠排水溝為北界，南臨果菜市場，更南，是五十層的長谷世貿大樓和綿延不絕的中古公寓。

這一帶屬三民區安吉里，數十年來，似乎停滯著，毫無發展。但過了排水溝，東北側的正興里卻換了樣，一座座住商大廈不斷矗立，巍峨壯大成一片。因此，在聳天鋼筋對照下，

fruit town這片建物彷彿是淘空後的，顯得力薄。但這力薄卻又顯眼。多麼不合群、違背的地貌呀！

事實上，這片建物長期以來，一直讓人感到灰舊、光線貧弱。說凌亂，也非全然，臨民族一路的那排房舍，大抵整齊，除了線條生硬的鐵皮或石棉瓦屋頂，整體而言，它的加蓋是知所節制的。這裡沒有放肆的違建，沒有騎樓當貨倉的野心。

幾戶人家在大馬路上做起生意：海產店、椰子水、藥局、家電維修、車輛買賣。其中那間海產店，強調現撈，大學時我們還去光顧幾次。

不過就是謀生。為了一口飯，搭著陋屋，便漂流下去。

然而謀生的意象在此是一致的。比方凌晨三、四點，南側的果菜市場，出價聲正嘹亮。

「○月初○大家好賺錢！」黑夜裡，掛著領夾式麥克風的拍賣員，說了一串話，開出裁價，競標始焉。

中盤商、零售商等以大宗菜蔬為承銷的人們，戴著繡有編號的紅帽，圍在葉菜前出價、決價。或許要提神，不少人邊出價，邊嚼起檳榔或口香糖。

「茭白筍，五十！五十，六十，六十五，六十五，六十七……」

「青花，三十五……三十二，三十一……三十，三十……」

「醜豆兩件……」

（上）正興里一座座住商大廈巍峨聳立成一片，與安吉里這片建物（現已拆除）形成對照。

（下）這片建物屈身於民族一路旁，以寶珠排水溝為北界，南臨果菜市場，數十年來，似乎停滯著，毫無發展。（攝於2014年8月，現已拆除）。

「來，金瓜……」

人群跟著拍賣員走著，一批菜換過一批，追著數字，喊著比著張望著。心中的尺繩，在到貨量、供需與天候間，不停衡量。

拍賣員忙著在紙箱上記下一連串數字，或供應商編號，或貨品編號，或台斤數，或件數，繁多的密碼在市場伏流，讓局外人看了毫無頭緒。

成交後，理貨員忙著開傳票、蓋印。不久，搬運工也來了，板車滾輪聲隆隆，一箱箱，一簍簍，堆於貨車，捆妥，載走，時未天明。

車進車出，蔬果從城市的上游，往市井鄰里的下游分流而去。

天亮以後，城市醒了，民族路的尖峰車潮湧現。退潮後，婆婆媽媽提菜籃，湧入果菜市場，翻動菜葉，叩觸果身，西瓜甜不甜？秤了重，議了價，嘈嘈嚷嚷，買賣間有惱怒，也有歡笑。

就在此時，韓國人又到了果菜市場幾步之遙的fruit town，持續叩門，持續念著宣教手冊。這次他們決定往人多的地方宣教。他們跨進了果菜市場，發著隨即就被扔棄的福音單張。他們笑臉著，被拒著，然後在喧噪中黯然離去，一週後飛回首爾。

縣市合併的日子不斷靠近。位居高雄東側的果菜市場與其北側那片建物，這一大座城寨，將成為新地理中心。都市不斷更新，所有凝觀瞻、泥濘的事物都將慢慢被消失。

徵收與規畫是必要的。其實早在數十年前，政府便已編列補償金給牴觸戶，但因著預算排擠、民意抗爭、配套不周等因素，計畫擱置著。

那要遷去哪？那些預定處，地上有高壓電塔，地下有中油管路，甚至就坐落汙染控制場址上。從楠梓被討論到仁武，官員曾說，他們已找到地，未來將匯集菜肉，成立民生供應園區。果菜市場將遷離，打通十全路，直接覺民路，並闢滯洪池；而北側那片建物，將成為生態濕地。

附近居民同意這樣做法。畢竟他們長期忍受汙水、噪音與惡臭，挨著市場邊邊瘦小的巷道，迂迴地出城與進城。他們希望改變，那將是東高雄的發展契機。

但許多菜販反對。他們世代於此勞力，過著一種不移的模式，凌晨二、三點，或風或雨，騎著車便上工，只為扮演一位民生供應者。他們擔憂，偏離市區的據點，要多少年才能回復現有的生機？

「我們青果商，九成以上都要留原地。從年輕打拚到現在，不可能說走就走。」公聽會上，代表陳述著。

沒有人知道未來會如何。所有的爭執懸在此，選票常是籌碼。日子照過，買賣依舊，久而久之也淡忘了、麻木了。

而這些建物底下的事，關於地權，關於占用，關於徵收，關於執法、協議、配套的一切又一切，韓國人是不知情的。他們或許有些菜販的特質，也用堅定的信念，過著一種不移的模式，只差是無償的傳教。

後來牧師到三重牧會。失去了窗口，韓國人的十年宣教也因此終止。事實上，他們只連續來了三年。我參加過一次，爾後二年，均因故無法參與。我不清楚那片建物裡的人們，信仰是否因此改變？但那難解，信仰是意念的，需要口裡承認，也要心裡相信。

某日午後，車過十全路，驟雨傾下，此刻民族路北上的騎士，紛紛躲進果菜市場北側這片低矮的庇蔭。廢氣與引擎聲在騎樓旋盪。婦人用力拉開窗，無表情的臉上帶著床氣，要騎士熄火，別擋在店門口；一旁的果菜市場早已收市，發黃而皺爛的菜片漂在坑凹的積水上。

騎士們急忙換上雨衣。這座果菜城寨是否遷建，此時顯得微渺無關，人們只在意它能否避雨。畢竟，避雨讓生活安心許多。在無解的命途上，拆與不拆、遷與不遷裡，彷彿更有勇氣耗擲下去。

註：二〇一六年，政府執行安吉里建物拆遷。夷平後，這片城寨在我的高雄地景裡成為歷史。

乳香未乾

年幼時，我曾在新民路短暫住過一陣子。那時美而美、拉亞漢堡、早安美芝城、晨間廚房這類早餐店並不盛行，我常越過一個街區，在灣中大順路口，一間居家型早餐店用餐。

這早餐店沒招牌，沒名字，僅在人行道上臨時擺著「早點」字樣的鐵板。十點後，水柱擎來，沖牆洗地，刷刷刷。鐵門拉下，外觀上回復為尋常住家，完全感覺不出清早會搖身一變成早餐店。

店內員工三人，老闆娘收錢、找錢、舀豆漿、夾饅頭，扼交易出入口；她的先生在一旁煎蛋餅，熟了翻面，再煎一晌，鏟起，置於盤上，復又倒以麵粉糊，打蛋，動作從未間斷，兩個煮食爐同時開火，蛋餅生生不息。「兩塊蛋餅，一塊加皮，一塊只要番茄醬……」囑咐一直從老闆娘口中遞來，一忙，口氣像極命令；另一位，從對話推估，可能是先生的妹妹，在社交表達上較為受限，負責端餐給內用客人。

高牧鮮乳創於1955年，不混在超級市場、便利商店的冷藏架上，而且，高雄限定。

「要等喔，還有十幾片蛋餅要煎。」客人多時，老闆娘會略顯急躁，言語帶有警示與勸退，儘管只是等個十分鐘。

店內招牌自然是蛋餅，自製餅皮夾藏肉碎與香蔥片，軟滑不乾硬，是我的必點；而豆漿車上擺有一只盛半滿水的不鏽鋼盒，裡頭漂浮大小冰塊，也放了數罐玻璃鮮乳。

鮮乳常是兩種口味：原味與蘋果。瓶罐沒有設計，只印有紅色商標「高牧」、電話，以及一行字：飲用後請即沖洗。它唯一的裝飾是封口套膜：原味為粉紅，蘋果為橘色。取下套膜，瓶口有張厚紙片堵著，得伸指推按，摳開才能喝。

我嗜冷，清晨就要喝杯涼，總會從不鏽鋼盒中拿一瓶。它夠香，夠涼，也夠便宜。我喜歡的蘋果口味，當年一瓶12元。

那時鮮乳給我的意義是早晨。一日內我大概只有這時段會喝鮮乳，好像喝了才真的醒來，早晨才真的來過。鮮乳是朝日的連結。

後來我才知，鮮乳公司名高雄牧場，在住家附近的鼎山街，創於一九五五年。這牛奶骨子裡有種獨立與堅定，不混在超級市場、便利商店的冷藏架上，而且，高雄限定，滲進高雄不少飲料店，以此拌紅茶、西瓜汁、寒天薏仁，穿流夜市與街巷。

那時，鮮乳離高雄很近。

不久我家搬來左營，雖仍在高雄，高牧鮮乳卻變得不普遍。那時候早餐多喝豆漿，甚至常因趕車，沒時間吃早餐。

後來母親擔心發育中的我鈣質不夠，索性買了整箱保久乳，讓我應付倉促的天亮。

長大後，我偶會選購一些大廠牌的鮮乳，以一種「營養均衡」的立場喝著。全脂低脂高鈣，水果咖啡麥芽，這些鮮乳往往有精細的分類、創新的口味，包裝上畫有純淨的草原、牛隻。但商品名聽來總是遙遠：初鹿、瑞穗、北海道，鄉村、縱谷、北國雪。

那時，鮮乳離高雄很遠。

如同記憶。

不久前，一次偶然裡我路過那早餐店，走進去，有些意外高牧鮮乳仍躺在不鏽鋼盒裡，樣貌依舊。我問老闆娘蘋果調味乳多少？她說，二十元。我突然很不習慣，畢竟超商架上的盒裝鮮乳早已漲到三十多元了。

我拿了一罐，重溫那些細節——摘套膜、摳厚紙片、插吸管。純真年代就這樣封在不哼不響的玻璃罐內，我彷彿遇見了當年的早晨、當年的簡單，也好像重新睡醒了一次。

可能，記憶裡有那麼一種步驟，一種感覺，叫乳香未乾。

花架偏安

「我們約東側花架。」

二〇〇〇年九月，我大一。初進高雄醫學大學，因一場迎新，我得知一個地理語彙。

那時我不知花架在哪。很快地便知校園東側有兩口，一口是宿舍外的東側門，一口是東側花架。

初次的東側花架在傍晚下課時分。印象中機車頻頻熄火、發動，載承各方課後故事。沒被載走的，或載不到人的，無所謂，原地前行，日子照過。

首先是秋田。我大概是老主顧。從吐司、蛋餅、漢堡，到炒飯、燴飯、鍋燒意麵、冷飲，從朝食、午茶到夜飯，我的舌尖都經歷過。秋田無專用點餐紙，只有櫃台前一疊回收後切割的紙張，供顧客在紙背寫下餐點。

我最常點炒飯。什錦是招牌，其他還有雞肉、蝦仁、培根、鮪魚、牛肉等多樣可炒。飯吃膩了，沒關係，可炒意麵、泡麵、烏龍，「炒什麼都可以，隨你變化。」我始終記得，有次提出炒意麵需求，老闆娘這樣說。

秋田對街是澎湖自助餐。那是一幢有年代的屋樓。菜色如今已淡忘，記取的是二樓用餐間，地磚、窗欄、桌椅，格局裡帶著懷舊。我常想，這裡曾是此家族誰的起居之所呢？如今搖身一變，路人僭越廳堂，成為食客。

續往前，山東街口，右轉是老夫子排骨飯，左前是德國麵。若早晨來，右前會是大港飯糰，自述始於民國四十八年。老店魅力大，常可見人龍，算是東側花架外少數讓外人知曉的食攤。

愈往前，景象愈自宅。兩側尋常人家，偶然可見學生套房出租，不然就是簡單賣起吃來。這段路，首推「好媽媽」。這間平價餐館，客源幾乎來自高醫。午飯時，彼一桌，此一桌，學生以群的方式據滿店內邊邊角角。也唯有此時，讓身處一百六十人班級的我，更清晰看見班上微細劃分的小團體。

而讓我最想復嚐的是更遠處，孝順街上的阿發排骨乾麵。排骨裹粉，酥炸後咬來帶點甜。乾麵淋上醬汁，配著榨菜、肉燥、小白菜、豆芽菜。簡單滋味足，若感到口渴，別愁，店內紅茶免費暢飲。

那時，這片以自忠街為主幹的版域，店面幾乎自家自營，甚少連鎖店。它稱不上商圈，有些食店還會隨學期始末開火或關爐，甚至營業週一至週五。彷彿是校園的延伸，按高醫行事曆度日，側重高醫人的胃袋，一種高醫廚房的概念。

不只食事，還有洗衣店與複印館。幾乎任何與輸出列印有關的事，都在這版域裡咻咻印出。益明，大概是最親民的。老闆總是氣魄江河，賺錢與否都不重要了。

「印一張五角算你，五十張四角，一百張三角。」

我心一驚，心想：會不會賠錢啊？還是老闆那天心情好？

花架以外，自律自行，偏安東隅，小小的安居樂業，小小的太平。我未曾想過，它就這樣伴我大學數年，特別是午飯時間。原因很簡單，離校近。一小時多的午休，信步，候餐，舉箸，開話閘，不慌不忙，恰到好處。

相較南側十全、西緣自由路、北邊同盟路等大器門口，小而舊的東側花架，是我出入校園最頻之處。東側畢竟是高醫較不外顯的線段，因隱蔽而顯自家，或者說，較KMU。

「東側花架見！」這話自然是很高醫人的。

然而花架約定終究是學生時的事。五年級進臨床見習後，醫院在校地西南側，日常漸漸形成以西南側為主的生活圈。

一東一西，校園與臨床，是我高醫歲月的分野。

轉眼畢業至今已逾十年。有時，聽見科內實習生，彼此討論午餐選擇，我會想起花架偏安的時光。

很簡單的日子——步出花架，事務擱一旁，嘴慾唯大，彷彿人生單單地只要想：中午吃什麼？儘管最後老是那幾間。

櫥窗漂流

曾問過外地朋友，他們對高雄公車最有印象的，大概是100路。

100路又叫百貨專線，以「百」為發想，從高雄火車站駛向瑞豐站，途經舊大統、大立、漢神、大遠百、SOGO、新光三越等百貨公司，曾是高雄市最賺錢的一條公車路線。

100路是我高中才出現的路線，當時車身深藍，駛在明亮的市區，竟琉璃般地閃著。中山路、五福路、成功路、三多路，100路把當時幾條重要商業大道都交代一遍。我搭100路，除了逛百貨，更多時候是流連途中盛開而撩亂的配角——影城、唱片行、食堂、髮廊、茶館、服飾店、小吃攤，以百貨公司為圓心，畫出的大小商圈。

如果時尚是股流，搭100路便有隨車漂流的況味。賞閱櫥窗是100路附加的小樂事——一面面，一格格，夏裝、冬衣，把時令與新潮穿在模型上，如此，熱帶城市的季節更迭便不含糊；有時立聖誕樹，有時掛紅燈籠，有時擺大月餅，有時貼春聯懸爆竹，張燈結綵，提醒終年揮汗的城，節慶該有的張掛與配色。

搭100路是一趟12元的眼目之旅，感知當季，分別新到與過氣。某程度來說，像城市核心的導覽公車，在繁華的街廓，瀏覽城市脈動，我曾以為，城市的縮影就在此了。

有次坐上100路，車過新光三越，從此不見百貨公司。我沒下車，單純想看看100路駛向的盡頭是怎樣的光景？只見窗景慢慢卸妝，有些素樸，有些雜擠，有些隨興，但熱鬧依舊。這種熱鬧和市區的熱鬧不太一樣，有一種野性，是自己長成的那種熱鬧；而城裡的熱鬧有一種加工感，是被開鑿與修剪出的，它像煙花，璀璨會散去，百貨打烊後便一哄而散，熱鬧中彷彿有個洞，帶著一點疏離與寂寞。

100路的後段，沒有櫥窗的四時，少了節日的妝點，最後彎進瑞隆路，抵達瑞豐站。初次的瑞隆路，匆匆一瞥，留存在記憶的是店多、車多、好擠、好熱鬧。

直到服役時，有次後送一位肺炎之兵至國軍醫院。辦妥住院後，已是晚間七點，我與駕駛兵開車晃到瑞隆路覓食。

車要停哪？放眼望去，瑞隆路上營生如此迫近車流，汽機車臨停，車陣壅塞復緩行，費了一晌，終在幾個街區外找到停車處。

步行回瑞隆路，過憲德市場，一個窄促三角窗，招牌用色簡單，五字「新港鴨肉焿」，顧客排了長龍。走進店家，飯焿、麵焿、米粉焿，當時一律五十元。我點了飯焿，湯匙怎麼撈都是肉，綿滑入味，略帶爆炒後的焦疤；焿裡則有辣椒片、蒜末、洋蔥與筍絲，勾芡濃郁，銷魂之味也。

我往鄰桌看，卻見一碗火紅，食客猛將桌上辣粉灑入，拌得焿兒紅通通。食畢起身，望店內環顧，驚見碗碗都惹紅，人人都嗜辣，好個重口味的地方！

往後又去了瑞隆路幾回，爌肉飯、魚羹、炒羊肉、燒臘、雞腿排骨，香、油、鹹、辣，各家美味各有其側重。這裡講究飽食，也講究經濟。

味覺的慾念是強大的。退伍後，有天心血來潮，從左營特地來此，僅為溫習一碗鴨肉焿。我學著灑辣粉，冒汗地享用，既香且麻，我竟也有食辣的本事。

像是一種癮，後來幾次味蕾躁動，劃過大半高雄來解饞。紅通通，暈麻麻，瑞隆路是味覺的小重慶。

想來100路公車也真奇妙，它串聯百貨，也串聯城市百態，更將我的高雄版域串至瑞隆路。

那時，購物商場大肆興建，二〇〇七年夢時代落成，二〇〇八年漢神巨蛋開幕，一南一北，繁花雙綻，各擁其客，各鬮江山。但商場的打造並未終止，日後義大世界、ＭＬＤ台鋁、大魯閣草衙道等複合商城也春筍般冒出，各展其技，每年十月過後，城裡紛飛週年慶ＤＭ（我常在郵箱收到，收件人：我媽），許多身邊高雄人都疑惑：有那麼多人可以逛百貨嗎？

那就輪流逛，一週一間，朋友笑答。好像也是一種幸福。

如今100路已無法概括所有商場，它日日行駛在過去的繁華裡，彷彿一條珍藏的戀舊路線，自有老字號的風韻。那些櫥窗有些已褪色，有些仍光鮮，有些重上色，無論如何，都是時代的故事，高雄的故事。100路的百，是要長要遠要久，要亙在時間裡。

在高雄，百貨公司除了櫥窗，還有微妙的聚合現象：大遠百似乎有較高比例的青少年，打扮青春前衛，也許和影城、誠品有關；漢神巨蛋則集平價、精品於一身，專櫃如繁花，貴族或庶民，各年齡層顧客比例均勻；前大統和平店吹居家風，淡淡的，靜靜的，樸實無華；高鐵新光三越，略有熟男熟女的都會感，或許交錯南北旅客，匆匆疾行，染著商務氣息。百貨公司於是有自己的性情，有時，還比櫥窗更迷人。

疏城記

大一開學不久，飯局間，一位外縣市同學問我：「高雄人都到哪了？」我一時會意不來，原來，高雄和他想像的不同。那還是台灣僅北高兩座直轄市的年代，他以為高雄也該熙攘往來，沾染都會的通性：人潮與狹迫。

「高雄有點空。」他說。

我先後住過高雄兩區，一是三民，二是左營，且都在中古公寓密密叢生的住宅區內。記憶中，路邊機車覓縫插入，路面停等線按捺不住浮躁，引擎隆隆，排煙管沸沸，號誌燈一轉，機車竄流，衝鋒交錯，過街並非疏闊的。因此，我沒有強烈感受到他口中的「空」。

不久，我接了家教。我通常來到高雄車站，轉12路公車或機場幹線，縱貫半邊高雄，抵城之南境，小港漢民路上的學生家。公車會先沿中山路直行，因此機緣，我得以反覆擦身記憶裡的盛世——中山五福路口，一個獨強、被繁華上妝的三角窗。

中山五福路口，舊大統百貨所在地，曾是一個獨強、被繁華上妝的三角窗。

那時，大統百貨已濃煙過後多年，焦黑危樓，巨大P字懸其上，騎樓被鐵皮圍著，不拆不動，反倒一旁的中山路動土挖捷運。我常在公車上，看著新堀江過街人群，想著：多久沒來了？偶然間，也想起那同學說的：高雄有點空。

曹瑞原導演的《鴿》有一幕：主角阿宗從澎湖望安來高雄，當他坐車進市區，專注看向窗外，流過的風景是大立百貨。

那畫面相當短，約三秒，卻在我心中定格。初看這影劇，是大二某日無課午後。它讓我想起兒時，車過五福路，也是同樣的仰角，因為空中有個城——大統大立百貨頂樓樂園。我著迷前者多於後者。

我常是逛完大統五樓玩具層，接著到九樓美食層，印象中有許多台式美味：四神湯、米糕、大腸豬血湯、炒米粉、碗粿，但一切的靈魂是醬油膏，沾著拌著淋著，鹹中帶甜，不偏不倚的提味，節制無氾濫，唇齒魂牽夢縈。

打個飽嗝，就上十樓頂層。這空中之城，布局著飛毛氈、摩天輪、大白馬、小火車……還有一座城堡，整點公主與英倫衛兵會奏樂；這裡是城亦國，有專屬貨幣，是城堡浮印的代幣；而我最著迷的是坐落西北角的「搖滾樂」，人們坐進金屬圓筒內的椅上，繫安全帶，橫桿壓下，拴牢，嗶——啟動，像附於輪胎內壁，滾上滾下往前滾，滾滾滾，翻翻翻，童年高潮。我簡直不敢相信，曾經癡迷這種天旋地轉。

有次員工似乎和人起衝突，他轉頭回向工作，開始繫乘客安全帶。那動作是冷悍的，力道帶著報復。我從那扣得尖銳又緊迫的安全帶，即使年幼，仍隱約感知轉移出的情緒。那時我不敢表述自身不適，滾啊滾，吐了。

記憶的挑揀很偏執。這麼多歡快往事竟都糊去，可能長相千篇一律，唯獨此次，襯得鮮明，刻骨銘心。

那時人潮是多的。多到要排隊，多到會走失。無手機的年代，廣播常出現：某某小朋友，請至一樓服務台，有家人等您。

我姊就是其一。她丟過一次。

父母準備報案，結果她已坐在五福路警局大門階梯上，不哭，不慌，異常冷靜。也許沉著的個性，讓她五專就學期間，就毅然隻身飛往美國東岸，就此定居成家。

《鴿》觀後一段時間，有日興起，我來到大立百貨，雖此地記憶不若大統豐饒，但仍屬同列礦層，可採集童年。

那天當我站在大立頂樓，可能久未至，心底竟有驚詫聲音：彩虹橋還在！但我沒想到，這是最後一面了。往後歷經一場翻修，彩虹橋謝幕了。

單軌列車在天邊兜一圈，父兒孫三代同堂也同車，即坐即發，專車御用的概念；太空爭霸戰小飛機，乘客一男童，慢慢飛升，很high地對地面家人比yeah，不爭不戰，太空獨享之旅，寂寞但暢快；海盜船愈盪愈高，唯二小情侶卻愈趨淡定，可能也不好意思尖叫，驚嚇是需要眾聲誘發、加成的。沒有尖叫聲，怎稱得上樂園？無所謂，有自己懂得的幸福，快樂就好。

很快地，家教學生畢業。我以為不再有城南移動的日常，但因著臨床見習，時而外調小港醫院，於是又擦身那個三角窗，有日終見大統被拆。

拆，拆，拆，一不留神，就攔腰低折，成座矮商城：大統二六二。起初進駐Mister Donut，是當時排隊名店，但不久涼冷，終又撤退。

一段時間後，大統二六二招牌卸下，店面換過一輪。滾沸，餿去，紮營，拔營，循環著一種無以根著的經營腳本。那時，漢神巨蛋、

大立百貨空中樂園，太空爭霸戰小飛機。一人坐，寂寞，但快樂就好。

夢時代櫥窗正光鮮迷人。粗枝大道中山路，特別是中正路以南、五福路以北，租與售時而可見，捷運帶動商機是一則有毒的美言。

事實上，大學時我逛過新堀江幾次，買衣、剪髮、喝杯冷飲，街廓榮景仍可觀：橫擺直掛的潮帽潮T潮包，有奇豔，有桀驁不馴，有印著粗話衝撞世界，在體制外獲得愛；低調者，就揀個AIRWALK雅痞肩背包背上，青春裡摻著淡淡循規蹈矩；口罩攤像花市，展貨平台百花爭豔，素面、亮膜、螢光、花紋、碎金、鑲邊，有時尚質感，有療癒卡通，有動物造型，男人味女人味孩子氣，一塊布料也能巧奪天工；餓了，街邊有印度Q餅、熱狗堡、炸雞排；饞而不餓，有巨無霸霜淇淋，香草、巧克力或綜合，一圈螺旋疊轉於一圈，尖瘦陡立，握於手心，險些傾覆，貪味之舌趕緊舔扶。

摩肩擦踵，流動攤後有店面，店面前有被逼出的貨架，一格一巢一物，所有商品都在爭露臉空間；夠壞堂、NOVA、八重洲是那個年代的標記；藝人封街簽唱，粉嫩拍貼機卡哇伊，盜版ＣＤ、仿製皮革見隙生芽；潮哥靚妹、高校女孩、輕熟男女、稚氣未脫國中生，青春的邊角偶也見怪叔叔。怪叔叔是高校女孩取的，他們通常獨行或佇於影城外，眼神飄飄時而空洞，趿雙拖鞋或涼鞋，黯淡的身形，卻又如此易辨。儘管動機不明，就當是在新堀江，這兼愛的邊上，取暖沾熱鬧。

大約要到服役完，我才強烈感受到，這一整區的繁華，像見頃的櫻，經吹雪，不復繁

高雄的疏，有部分呈證在路寬。六線道、八線道、林蔭大道，市區比比皆是。

新堀江曾是我領略新事物、新潮流的步行街；但現在，逛新堀江是一種念舊。

密。

爾後，花團餘韻漸次稀疏。然而不只新堀江，鄰近的街廓，坦白說，後來每經一次，就感受一次焦慮的空疏。除了火車站，一直要往北到明誠、裕誠路，往南到三多路，才稍安心：啊，人們都到此了！

漸漸地，我認清這樣的事實：高雄有點空。精確點，應該是疏。

疏，也許是對照出來的。從一班南下的高鐵開始，特別是過了台中，除非選舉、連假、年節返鄉，常覺越坐越疏、越坐越輕，和北上的越坐越擠是不同的。

疏，也許是一種節奏。公車的發車頻率，行人的密度。

疏，還有部分呈證在路寬。六線道、八線道、林蔭大道，市區比比皆是。當中博地下道仍在時，出了黑暗，筆直中山路就在眼前，兩排大王椰子把高雄撐得遼闊。塞車其實不常有。有，也是小塞。

不密不擠，怎稱得上城呢？但高雄市確實是百萬人口。人都到哪呢？可能有不少人在低頭勞動，不見面目，只管溫飽，哪管週年慶買千送百。日出而做，日落也做，深夜守著機爐。就像大四那年，晚間九點，當我結束民族社區的家教，走出公寓大門，遇見的常是身穿淺灰制服、發動機車準備前往工業區的學生父親。

而傍加工區、往工業區的城郊走，生命力在此，城的壯大與發軔也在此。因此，當來到瑞隆路、五甲路、草衙路，挨挨擠擠，疏的感覺消逝了。

寬疏於門面，狹密在邊角，城的疏密哲學如斯。

前陣子，楊，高中同學，有日臉書打卡：Indigo Hotel，那是間鄰近新堀江的酒店，我曾在頂樓酒吧俯瞰城市的歲末年始。但楊不是跨年，是返鄉的客居。畢業後，他考上新竹的大學，從此當起科技人。通訊錄上的名字，像他這樣因著聯考，就此外地立業生根的不少。故鄉成異鄉，在城久居的，竟成少數。

偶爾，我也會念舊地重返新堀江。曾經在此領略新潮流，如今是找一種屹立的老態：啊，這間奧斯卡影城，我看過電影；這間麥當勞，亙童年至成人，最安心的地景。新堀江既前衛又懷舊，在時間流裡，反義並存。

儘管如此，舊裡還是有新生。如Indigo Hotel，如駁二。往西，走向更老態的城裡，舊日房樓改成文創據點。像是一種嫁接，一種復育，與港邊的倉庫，一同新枝新葉地長著。

城市仍在律動，用另種形貌在疏闊裡綿延。

歲進中年，我漸學習凝視疏的某些好處，這才意識到，此城，寬是架子，疏是表外，不疾不徐，熱而有風，偶拈些煩躁，在都城與鄉郊間的氣質擺盪，竟是此城之色。

像是一種嫁接，一種復育，港邊的倉庫與建築，新枝新葉地長著。

麥民遊蹤

航班誤點，趕不上末班高鐵，我改搭客運，晃返高雄。

自從高鐵通車後，我鮮少接觸這類馳驅夢土的夜車。當意識渾沌之際，車內便亮起燈來，原本預估五小時的車程，三小時半後，窗外匝道指示牌已寫著：「楠梓右線」。

距上次搭客運縱貫南北，已是學生時代的事了。客運會先在楠梓交流道下客，接著往高雄市區駛去，終了停在七賢路的麥當勞前。

由於路況過於暢通，使得原先「一覺醒來天就亮了」的盤算生變。這多出的時光如何打發？我想了想，不如先在麥當勞小食，天亮後搭首班捷運返家。

很快地，車子來到七賢路，轉了兩個彎，停下。然後司機廣播：「終點站高雄車站到了。」

「會停七賢路那間麥當勞嗎？」我問。

「早就沒停了！麥當勞也撤了。」司機說。

我下車，愣在熟悉而發黑的城裡。此際，腦中空蕩蕩，徒存一件事：哪裡還有麥當勞？仰頭一望，一具M型招牌，不偏不倚正對新火車站，黃亮亮懸天邊，熾熱燃著黑夜。

我拖著行李，朝M型招牌走去。那似乎是一種幽微的磁力線，牽引我、告訴我：來到一座城市，毫無頭緒時，第一件事就是找麥當勞。

是的。我常如此。

比方某年初夏，我來到直布羅陀旁一個叫Algeciras的小城，準備搭船往北非。這城和西班牙的其他城市截然不同，盛開的夾竹桃、蒙面的伊斯蘭女子，偶爾經文會在清真寺的尖塔擴音器上唱誦著。對我而言，身處這種阿拉伯文與西班牙文沖積的語域裡，最困難的事是點菜。

那個燥、渴而餓的午後，我走進又走出幾間食堂，有些沮喪，菜單讓我體驗到文盲的艱辛。望著整城繁亂的文法與字母，我心中想的是：去麥當勞吧！至少有圖案、有編號、有毋需討還的價目，有薯條、大麥克、可樂等單調卻安心的滋味，即使店員不諳英語，比個手勢也能點餐。

提行李，端食盤，我險些失重地拾級而上。這是我第一次凌晨三、四點走進麥當勞。

來到二樓，選擇一個臨窗的位置坐下，觀四方，此時的站前麥當勞比我想像的還生動。有進食、有嬉鬧、有翻閱、有鼾響，全天候的生理時鐘於此連貫攤展，好似機場轉機時，旅人帶著各自時區交錯來去。

一位婦人，桌上與麥當勞相涉的僅只一杯飲料，其餘盡是小說。她髮絲略呈灰白，簡單束了馬尾，赤足盤腿而坐，腳趾不時蹭著，膚屑摩落。這不見面目、專注書頁的婦人，是怎樣的身世？為何不睡，跑來麥當勞閱讀？

四位有著移工膚色的男女，金鍊銀環掛滿頸肢，據一角，薯條傾倒一桌，拉揚嗓門，不怕被竊聽，反正赤道國度的語言，島上的人很陌生，放膽宏亮吧；但就在同一側，幾位男子，被歡樂的移工襯出身上的寒涼，他們或臥、或趴、或倚，以桌椅壁牆承載今夜夢寐。其中有位醒著，但魂神皆離，恍惚吞著雞塊與濃湯。他穿著破舊，長髮糾結，鬍渣蔓生，一只捆著空寶特瓶的麻布袋擱於桌下。他何處來？又哪裡去？

而最顯眼的大概是一位金髮男，臃腫的大型背包占了一張椅面，裡頭填塞了多少遊晃的日子？他滾著滑鼠，皺眉，或許正規劃日出後的旅程，流浪日記仍待續。

還有一群男孩，坐了幾桌玩起撲克牌來，喧嘩聲不輸那群移工。一包包行李邋遢地堆往走道，或許是在等頭班列車，於此暫歇腳。

而兒童區的球池旁，此刻正傳出鼾聲，一雙著牛仔褲的粗短腿肚，大剌剌從溜滑梯底座伸出。那會嚇到人的！若無鼾聲，心臟電擊去顫器可能要準備了。

我想起有次過境香港。因抵港夜已深，而轉搭之航班是隔日一早，這尷尬的轉機時間，說明機場過夜之必要。但既然難得出外，就安心睡一覺，何必以一種保持警覺、隨時醒來的方式睡機場？

後來我決定訂旅館，因逢連假，機場附近房費過高。我念一轉，想著那麼幾小時，睡個覺，迅速經濟就好。於是在agoda訂了間旅店，廿四小時櫃台服務，網路相片看來淨亮，但地址在九龍彌敦道的重慶大廈。

關於這大廈，我聽來的多是龍蛇混居、違章的負向說法。但我告訴自己，能在agoda網上供顧客檢視下訂的，應該經過認證，毋需多慮。

搭上A21巴士，五十分鐘後便抵重慶大廈。來到櫃台，一個老男人向我確認訂單。從他混過京腔的那種普通話口音判斷，應該不是香港人。他要我押港幣一百元。

「我明早六點退房，有人在櫃台退我押金嗎？」我向他確認。

「六點？沒人。」他說。

「那可以將鑰匙放回櫃台，今天不收押金嗎？」我又問。

「不行。」他告訴我，除非睡八人房宿舍。但別擔心，今晚入住的都是與我年紀相仿的歐洲大學生。他帶我看那間宿舍，門開，一群洋男洋女擠成堆，咆哮爛醉，四座上下鋪的床把空間逼滿了，睡上鋪的只要起身，便撞及天花板。

「不行，我不能住這間。」我很堅決地拒絕。因為我不知道這群人何時熄燈，要求老男人按原預訂的房給我。

但他語氣上揚，急了，說：「這不是五星酒店，還要那麼早坐車來還你押金？」

「那我託香港朋友明天還你可以嗎？」我說。

「錢退你，算了算了。」他像極賭氣的小孩，將原刷訂的房租退給我。並說，看我是台灣人，為我好，我原預訂的房在別棟，那裡住了很多印度、巴基斯坦人，無衛浴，晚上如廁得外出，很危險。

我向他解釋，我不介意衛浴，只要睡一覺就好，澡在台灣已洗過；關於印度、巴基斯坦人，我住過一些青年旅舍，不是沒相處過，無須假想人人皆惡遠避之。請他照我預訂的房給我。

就這樣，在櫃台僵持一會。時間已過凌晨十二點半，我腦中想的是：如果離開這裡，要去哪過夜？

很直覺地，浮現的念頭是：麥當勞。

不一會，老男人說，有間附衛浴的房可給我，但得追加港幣卅八元。不是已經說我不需衛浴了嗎？按我預訂的房給我有那麼困難嗎？我心中疑惑著，卻忍住不說。也罷！費神解釋多疲倦，睡一覺，從此不復返。

「小夥子，記得，明早六點，我在櫃台等你退押金。要準時。」離開時，老男人重申著。

我來到這間房，門開，眼前的一切只有兩字：噁心。這長型之房，窄得像儲藏室，什麼衛浴設備，僅是盡頭地上一具阿拉伯蹲式馬桶。牆上有洗手台，再往上是熱水器，沖澡得跨在馬桶上。這寒酸的衛浴，以一片半透明擋水布隔著彈簧床。無窗，無空調，只有一台小電風扇。

而那枕套、被褥、床單有洗過嗎？整間房都和老男人一樣不可靠、骯髒、發臭、充滿疑點。

那夜我不斷控訴自己，為何當初要貪小便宜，讓自己住得如此狼狽？七、八千元的過境旅館費支去，心割一下痛就過了，錢再賺就有。

隔日六點來到櫃台，一片黑，只聽見打鼾聲。我敲敲櫃台，無人接應。於是握拳，重擊了櫃台幾下。老男人惺忪起身，拉開抽屜，口中碎碎有詞，將押金退還給我。

「你很準時。」他說。

我沒回應。

「小夥子，你很準時，我在誇獎你。再見。」他說。

我不發一語離去，帶著憤怒與怨恨。我實在很難相信他有回家、為了退還鑰匙押金一早坐車來。

步出重慶大廈，我竟感到自由，第一次覺得香港的街道是透氣與寬闊的。之後沿北京道走去尋早餐店，不知不覺來到尖沙咀碼頭一間位於地下室的麥當勞。

走下樓，我有些詫異，這隱於地底的麥當勞，清晨已如此繁忙——提公事包的、背書包的、拖登機箱的、拎家當的；醒的、睡的、老邁的、青壯的、濃妝的、素顏的。那是一個畫面衝突的時段，拮据的香港正要退去，富庶的香港才要登場。

然而我也才知道，在香港的麥當勞過夜，一點都不孤單。至少不用屈就不實的旅社。

●

二〇一五年，有次我結束一場內地的研討會，在香港飛往高雄的機上報紙，讀到一則新聞，整整據了一個版面。

報導講述印度攝影師蘇拉傑·卡特拉（Suraj Katra），在深夜踏進九龍多間麥當勞，以影像紀錄一群夜泊於此的人。文中稱這些人為「麥難民」（McRefugees），他們多因房租昂貴，在人潮徹底退去時進駐麥當勞。他們或許知道，白晝一直到午夜，旺角油麻地尖沙咀，人來人往，地狹人稠的印象如此逼近，就凌晨一兩點後過來吧，這時間仰臥在軟墊椅上，攤開全版報紙，蓋住肚面，或蹺個腳跨過桌椅，如此睡態至少較不會感到歉意。

看著報上圖片，它傳達給我的感覺是疲倦。那種疲倦架於無力、鬆手之上，放水東流，不少麥難民都上了年紀，表面安詳地熟睡，卻難掩醒來後要面對的荒涼。

Suraj Katra除了攝影，也採訪店員與麥難民。店員說，有些人是熟面孔，他們知道他會來，幾點後又會撤退，定時且守序；但有些不然，藉廁所梳洗甚至抽菸。驅逐，又折返，只要不踰矩，井水不犯河水，便在憐憫下選擇無視。

然而稱呼麥難民並不貼切。報導也指出，有些夜宿者其實是上班族，非缺錢或缺房，只因家住離島或內地，為了隔日一早上工，節約通勤時間，簡單果腹歇一晚。麥民，或許還是較禮貌的稱呼。

幾個月後，我在香港臉友的動態上，讀到一則新聞轉載。有天，九龍坪石邨的麥當勞，走進一名五十多歲的女子，她在角落坐下，趴桌，然後睡著了。而這一睡就不再醒來。當她被發現、叫喚時，已是幾個小時後的事了。她身上無證件，僅有一張八達通與二．六元港幣。麥當勞人來人往，座無虛席，沒人注意到伏屍正發生著。

我想著那樣的離去，無痛無聲無息，雖然寂寞，比起醫院插滿管路、血肉模糊的離去，也算好走了。

●

不久，天亮了。城市初醒，一切新始。方才遇見的身影，半數已消失，那魂神皆離的男子仍在，拎起寶特瓶麻布袋，一步按一步走下階梯，消失在我的視野；醒目的金髮背包客也在，此刻臉正貼著筆電涎流睡去。而新的面孔，學子與白領紛紛上樓用餐，一出一進，動線無聲地流擺。

我收拾餐盤，想著火車站前、百貨公司地下街、社區三角窗、交流道下、機場、醫院……，大城小鎮，麥當勞驚人地繁殖、布局著。當我懂事，這島就步入麥當勞時代。從屈指可數到無力也無心數算，從十點打烊到廿四小時營業。

那曾是一種奢侈。孩提時，只要同學到麥當勞慶生，便投以羨煞眼神。如今，麥當勞平民化，不能躋身宴客的選項，甚至不是一個食慾的意義，更多時候是睡慾、尿意，或者避暑、K書、言事，甚至棲身。但無妨的，點杯可樂，獲得接納，就算流離的身世不被理解，接納已是一種安慰。

食鎖高雄

有時就是想要那種乾脆，那種走進任何分店都保障單一不變的滋味。

——賴香吟《滋味》

之一　丹丹漢堡

「方便的話，幫我帶一包丹丹漢堡的薯條，還有番茄醬。」蘭姐說。

她是我表姐，住關西，嫁來日本已兩年。因為一次京都行，順道拜訪她。

我答應，但前提是需以喧噪一時的北海道薯條三兄弟交換。雖是玩笑，但我納悶：丹丹薯條究竟有什麼魅力？

「我懷念地瓜，甜甜的地瓜。就這麼簡單。」她在信裡簡潔又深刻地寫。

我想起那樣的光景：兩個銅板，一包金黃薯條，薯身邊緣時而棕褐、淡焦，有別鹹膩的馬鈴薯條，咬來厚實，是一種甘甜在齒間流轉。

後來我真的帶了。兩包，四十元。但前往機場途中，薯條已冷，塑膠套上聚滿水珠。因肚子餓，我吃了一包。

事實上，蘭姐不住京阪神，而是稍遠的三重縣，一個叫「名張」的地方。她告訴我轉車的種種，我想像那薯條從高雄到桃園再到她手中，應該也要十多小時，冷了乾了也硬了，我在機上又吃掉另一包（別擔心，我還備鳳梨酥當伴手禮）。

是怎樣的滋味如此巨大，讓人越洋朝思暮想？

約莫國小，我便聽聞丹丹漢堡。這間連鎖速食店招牌鮮黃，有隻大嘴鵜鶘，售價比McDonalds、KFC低廉。但我不清楚它創始的故事面貌，只記得邂逅始於一碗麵線羹與一塊炸雞。那樣衝突，又那樣平和。

撒芫荽，拌著紅蔥頭、碎香菇與肉塊，麵線羹裡是樸實的棕色。我偶加辣椒醬，讓滋味麻麻的，通體汗流浹背。雖不是頂級，卻扎扎實實。

至於炸雞，這裡無雞翅，只分腿排與雞腿。外形霸氣，大、酥脆、金亮，但內裡又有其細緻——油汁溢流，肉嫩瀰香。喀滋喀滋，有些粗獷，咬得記憶如此響亮。

這麼一桌台灣與西方，是我一餐的食量。

不久，店裡出現廣東粥。

這粥嚐來普通卻不馬虎。蛋花、絞肉、玉米、紫菜勻稱地沉浮於粥裡，鋪上肉鬆，慷慷慨慨，連我阿嬤也愛。老少咸宜。

一切都是銅板價，很學生的。玉米濃湯亦是證明，每一口都很踏實：蟹肉條、玉米粒、馬鈴薯塊，粒粒分明，重情而薄利。

特別的是，丹丹有香酥米糕，以台灣糯米包藏花生、木耳、碎肉酥炸；另有可樂餅，玉米、豬肉、馬鈴薯泥裹粉油炸，沾點咖哩醬，把滋味呼喚出來。而滋味不斷革新，往後又研發鮮酥雞肉羹，讓雞米花漂浮於羹面，甚至聖誕前夕，推出橙汁雞排。

我常被店員說服，因貪戀小折扣，點了套餐又加點薯條、超長熱狗，飲料升級鮮奶茶，林林總總足以鋪滿桌，我食盡。特別是考試後，這飽脹讓我紓壓。

或許因為學生時代都在高雄度過，丹丹融為日常而無感。開始意識到丹丹的必要性是服役——遙遠的離島，日復一日的罐頭滋味下，有天我突然想念麵線羹與炸雞交錯的氣味，一股很強的衝動淹了上來。無法解釋，突然很想吃。

後來返台，第一件事真的就是去吃丹丹。

有陣子，BBS上曾熱烈討論過丹丹，不少外地朋友來高雄，指定品嚐丹丹（這就是西子灣分店常有人群隊伍的原因）。百元內飽嚐中西，使得結論往往是：為何台北沒分店？我才發現，丹丹也成了高雄的味覺景點。

某個午後，我走進吉隆坡一間名「Marrybrown」的連鎖速食店。店內有張分店地圖，這發跡馬國的速食店，如今遍及南亞、中東等國家。看了菜單，炸雞、漢堡、薯條、可樂之外，有個名「Nasi Marrybrown」的餐點，原來是馬來飲食中的椰漿飯，沿菜單看下，還有炸雞咖哩麵、雞粥、雞飯等。我點了咖哩麵，油亮而刺豔的湯頭，紅辣辣，香茅底蘊，不知藏有多少香料身世？放上無骨雞胸肉，我知道，我在南洋，馬來滋味滲進來了。

我思忖：有天當大馬人浪跡阿拉伯、伊朗或科威特，走進Marrybrown分店，是否也能點到一盤熟悉的家鄉椰漿飯？

我突然想起丹丹。多麼希望有那麼一間跨國速食店，裡頭保有一包地瓜薯條、一碗麵線羹或廣東粥。我想丹丹才是國際化的，結合西方與台灣，在菜單上展露洲際的兼容、文化的並蓄，和McDonalds、KFC獨裁一統的西方口味是不同的。

常聽我媽這老高雄人談起鹽埕逾五、六十年的小吃店，從兒時到現在，那是她舌尖上的鄉愁。偶爾，我也帶朋友去深掘她口中久遠的味覺寶藏，但那終究不是我的鄉愁，我有自己眷戀的滋味。那是我九〇年代的鄉愁，叫丹丹。

之二　正忠排骨

那是排骨便當一盒五十元的年代。

大約是廿一世紀初，走在高雄市區，隨處可見飯包店拉出布條，排骨飯特價五十元，雞腿飯六十五元。

很快地，一間以紅色為主調的便當店，打著「在地人的口味，出外人的便當」口號，於市區三角窗鮮豔綻放，開出一間又一間的分店。那是我心中的紅色閃電：正忠排骨。

店裡賣的不只排骨飯，還有雞排、雞腿、爌肉、魚肚飯等。只要分店一開，周遭的飲食生態就有些微的浮動。

正忠排骨據說是一九九一年，在三民區一條不寬的路——正忠路創立的，當時我全然不知。直到高三那年，有次在圖書館教同學數學，中午被帶來正忠排骨用餐，才知道一股勢力正向高雄人的口腹拓占著。

夾菜的店員多為婦人，樣貌就像掌廚事的，給人一種安心、家常味。我點了排骨飯，先醃後炸的排骨，大片地覆了便當盒面，撒胡椒，入口香燙密實；配菜則有高麗菜、四季豆、番茄炒蛋、麻婆豆腐、紅蘿蔔、咖哩馬鈴薯……道道入味不怠忽，任選三樣，附辣蘿蔔或菜脯。另有紅茶、湯品免費暢飲，對學生而言相當經濟。

往後，我又嘗試炸雞腿飯。皮酥肉鮮，咬一口，肉汁滴流，淡香淡鹹；再換燒雞腿，先炸後烤，淋醬汁，撒芝麻，有蜜有甜也有鹹。

點餐常需排隊，正午不少勞工穿插其中。或許味美價廉是它在這座工業城市受歡迎的主因。有時，店內會見勞工朋友坐一桌，不發一語，專注地吃飯。我感到便當裡蘊藏的能量——午後得上工，吃飽之必要。

有時，我會想起島上繽紛的飯包：福隆、關山、池上、奮起湖……甚至瑞芳也出了礦工便當。飯包側寫地方的口味、作物、時光、生命力，紀錄有形與無形。如此，高雄若有代表的飯包，我想是正忠排骨。這飯包裡有一座城的大器、豪邁，與搏感情。

後來歷經幾波物價調升，排骨飯漲了卅元，雞腿飯漲了廿五元，彷彿只能前進不許回頭。五十元的便當年代已過了。

如今正忠排骨已拓疆至台南、台中，甚至中壢、新莊、永和。到台中工作的K告訴我，想念高雄的時候，她會去吃正忠排骨。

我相信K所言。味覺的力量是大的。一盒便當盛著許多故事，而平價、飽食、實在，是故事裡我一直喜歡的。

火車站到加昌站

卷二

北兜

帶勁的地方

高雄有個地名叫後勁。第一次認識這地名是小六，我代表學校參加交通安全常識搶答比賽，我問師長對手來自哪，他說和平國小（現後勁國小）。

「和平國小在哪？」我追問。

「後勁，在高雄市北邊。」老師說。

我頓了一下。後勁！好個盛氣凌人的地名。光聽到「勁」，就讓我預感到對手的驃悍與善戰，一支邊城民族，盤據北疆，充滿氣力，彷若匈奴。

不僅如此，高雄人是以閩南話「後硬」稱呼後勁。後「硬」和「硬」要怎樣的硬在台語發音是相同的，有不通融、倔強、固執、不屈的意味。

比賽當天卻讓我意外，對手是濃濃書卷氣、知書達禮的那型。在他身上，找不到「勁」的解釋。

於是，後勁在記憶裡矛盾起來，帶著一點衝突。往後我與後勁的邂逅都在街角或路邊——走在高雄街道，不時可見綠底紅字、標榜「後勁檳榔」的招牌。後勁的名氣因此被壯大了，讓我一度以為後勁產檳榔。

真正到訪後勁是十九歲那年，BBS班版上有則家教啟事。我點閱細看，徵十人小班制數學家教，地點後勁。我撥電詢問，對方自稱E媽媽，我與她敲定時間，一週後前往面試。

面試地點在宏毅社區，那是中油員工眷舍，緊鄰後勁。社區內房舍錯落有致，灰黑屋瓦、淡藍木牆，小庭院、老窗櫺、矮藩籬，復古恬靜。住家不時植有芒果樹、龍眼樹，綠意盎然，完全無法想像與社區一路之隔便是煉油廠。

E媽媽是位削短髮的婦人，小女兒今年剛考上北部大學，暑假過後，她正式進入空巢期，孩子全不在身邊。或許因此，她見我來直呼很開心：「我最喜歡和年輕人聊天了！這樣才不會老化。」

你家住哪？和誰住？幾個兄弟姊妹？父親職業？高中唸哪？班上排名？大學聯考幾分？醫學系大一的課程有哪些？參加什麼社團？平常休閒？談過幾場戀愛？……E媽媽開始無止盡地拷問，整個面試過程像極身家調查。

拉拉雜雜問了整個下午，儘管有些發問讓人覺得莽撞，不過大抵來說還是一次愉快的面談。

「留一下聯絡資料吧！很開心你來，我會儘快通知你結果。」E媽媽說。

面試後，我心情大好，從方才熱烈的對談研判，總覺得自己會被錄用。我念頭一轉，決定到後勁逛逛，順便瞧瞧未來家教的地方。但步出宏毅社區，越過後昌路，是另個世界。

後勁有一種特殊的混雜氣息——集石化、農地、學院、夜市於一身，這種混雜讓你無法分類它屬工？屬農？屬文教？或屬商？

走進後勁南路，幾間古厝摻在透天樓房間，屋瓦片片紅得斑駁，是被夾擠不動的時光。然而襯在古厝後方的是一整片煙囪國度，塔槽、油管、煉爐，熊熊火焰，滾滾白霧，像一種燃燒不止的野心。我在電線桿上瞥見「反五輕」的字條，那時我對五輕的概念仍很模糊。

半個月後，由於音訊全無，我主動聯繫E媽媽，她說會儘快通知。就這樣又擱了半個月，有天她來電，說我年紀輕不適合小班制家教。但掛下電話後，我從失落轉為困惑：為何當初不直接講明年齡限制？為何將家教啟事發布給一個平均年齡不到廿歲的班級？年齡是委婉的拒絕招式，它的背後或許說明著不穩重、不老成，然而我更懊惱的是，我在面試時把整個身世都交代給她。

有天，我和朋友H吃飯聊到家教。恰巧不久前，他亦曾與E媽媽面試，東問西問，一問就是一個下午，一個月後也以年紀輕為由遭拒。

H回想面試當天，E媽媽完全不談薪資與授課細節，盡聊生活瑣事，兼及電腦維修。

「年齡是幌子。不想錄用，為何還要浪費彼此的時間？」他說，並對E媽媽的行為做出負面的揣測——徵家教是排解空巢期的伎倆。

H的推論或許是，或許不是。

然而也許我們當年真的都還年輕。

但往後我就極少去後勁了。每當聽見後勁的消息，就是新聞報導——油汙、外洩、爆炸或抗爭，我才漸漸了解後勁反五輕的背後。

那是八〇年代末的事了。當年鬧得沸沸揚揚，為了家園，為了子孫，後勁子民群集抗議，反對五輕建廠，甚與警方爆衝突。

後來五輕在警力戒護下動工，民怨按捺不住，政府於是保證，廿五年後五輕會遷廠。廿五年？有誰願意忍受廿五年的石化汙染？願意每天開窗，飄來的空氣又怪又臭，讓人暈眩恍惚？

那是一座油膩膩、灰濛濛的國度。後勁人說，曾經地下水抽起來，打火機可點燃；下雨天，雨水是油的；後勁溪水面一度像瀝青，更曾測出含氯揮發性有機溶劑；為了用水，幾度到煉油廠宿舍載水。

然而這麼一晃，廿多年過去了，五輕遷廠日近了。就在此時，另有一群人北上陳情，他們來自石化公會，為了生計，為了餬口。五輕一關，不僅波及員工，連帶數萬下游勞工也將失業。

生存權。工作權。環境權。

後勁於是充滿各種聲音、各種立場，來自企業、政府、百姓、勞工、環保團體，原來這地名隱喻的是一場長期的較勁。

面試後，轉眼一晃我就醫學系畢業了。住院醫師時，某天過了中午用餐時間，我一人在空曠的醫院餐廳用餐。不久，兩位女子端了餐盤，在我對面坐下。我心想：誰這麼無禮？那麼多位子不坐，跑來和我面對面吃飯？畢竟，我不習慣和陌生人對坐吃飯。

接著其中一女子開口：「您好，我是○○人壽Linda，想和你當朋友，介紹最好的利率給你。」

其實我早就預料到，這不會是豔遇。

「謝謝，我不需要。」

「為什麼這麼快就拒絕我？給我一次為您服務的機會好嗎？」Linda說。

她鍥而不捨，我不忍如此冰冷地拒絕她，就留下手機號碼離去。但之後她開始頻頻來電，要請我喝茶，要詳介保單。

「謝謝，我真的不需要。」我重申。

「我把你當朋友，才會一直想告訴你最好的方案。」Linda說。

「但我不投保，我們還是朋友嗎？」有天，我感到無比厭煩，竟脫口說出。

「那就謝謝再聯絡。」她說。

我愣了一下，但不意外，她的回答我懂，而且大一應徵家教時就懂。就像當年我懊悔自己虛擲一整個下午任E媽媽調查身世一樣。

我這才明白，那段面試經驗，多年來已在心中無形地發酵，釀出了警語——拒絕要趁早、要分明、不延宕。後勁這地方，原來是帶勁的，悄悄地在我的人生產生了後勁。

空白海岸

我住在一個靠海卻看不見海岸線的地方。

彷彿有條隱形的線，亙在左營，以西是大規模的軍眷區，以東是空地居多的新莊仔。八歲那年，我便通勤上學，進出高雄市區。於是，我得早起，以便搭車，卻也因而貼近那個勤於天亮與勞動的左營。

我往往醒在一個以麵粉黃豆為題的清晨，油條滋滋炸起，低矮的平房會在蒸籠開闔、豆漿舀取間，白霧沸沸，展現生命。我喜歡這短暫而奢侈的溫甜。

總有老榮民以一種散漫張望的速度騎著單車，歪斜搖墜，與我擦身而過。他們或去早餐店、或買報紙、或赴市集，或什麼都不是，只是無方向的位移，一種和時光抗衡的方式。那時，一位身穿青藍衫的榮民，看我走得不甘願，停下車來表明送我一程。我對這樣瘦弱的陌生老人，毫無警戒，登上車便任憑載送。幸好，他是誠懇的。後來我才知，他住在建業新村。

我們並非眷民，因此時常從陌生腔法中，學習辨識華麗而高亢的說唱；而生活越過縱貫線以東的左營，則隨著閩南話流動。我家就立在語言流域的分水嶺上，聽見嘩噪，也聽見寂滅。

左營大路以西，海功路以北，復興新村在此掀起我的眷村首頁。

那次，一位家住復興新村的小孩，邀我到他家玩積木。步入眷村，「團結自強奮鬥」寫在一座豎起石碑上，像眷民的通關密語。房舍羅列，簡陋中暗藏不被摸透的排列規則；通道總是狹窄迂迴，難以進入，似一種無言的抵禦，抗拒外界的聲光嘴慾。我迷失了方向，只記得經過一處布告欄，上頭張貼著中正堂的二輪片，那是少數巧妙滲透眷村的外來文化。

眷村一路開展，實踐新村、自助新村、海光新村等，遼闊而寬容。我最喜歡的是日治時代擁有「官舍」之銜的明德新村，它翠綠清香、潔淨安逸；我也喜歡沿著軍校路走去，看見海軍軍官學校、醫院、基地、副食供給站一路開展，數著一旁的特殊路名，緯一路、緯二路、緯三路……。這裡並列警醒與安適，盛壯與頹老，我看見英挺戍守的軍官，也遇見哼歌競棋的榮民。

卻仍看不見裡頭的海岸線。

那時，我開始陷入充滿好奇與探索的中學年代，關於高雄的海岸線印象，總是過不了旗津鼓山。我們透過種種不確定的報導，了解森嚴軍港後方，處於空白的海岸。不久，一則流言開始傳開，關於孩子入伍卻意外死亡，軍方搪塞死因，母親企圖闖進海軍基地的抗爭事件。

整個中學時期，我喜歡在5路或18路公車上，貼著車窗，索求一處視野，目睹左營大路上的店家汰換。三商百貨、麥當勞早已在我那八〇年代的童年座落，這些連鎖店的進駐是城市過來的埋伏，藉其所賦予的指標意義，將左營升格為「現代化」。然而，我還是習慣定義左營的守舊，高雄的新潮。

店仔頂以北，左營大路上有五座米黃色屋樓，寫著「三樓冰茶」。有人說，這米黃色調是一種防空語言，日據時代，它因而能避免轟炸，於是，土氣的色澤竟成了一則富於謀略的障眼法。據說，那段海軍白色恐怖年代，這樓房曾是偵訊嫌疑者之處，只是那詭異的氣氛，都隨著時光代謝了。

左營大路還曾是二次大戰日軍用以輸運燃油的軍路。多年來我在這路上往返來去，卻始終無法拼湊充滿火藥的遙遠光景。窗外有埤仔頭的舊市集、日據洋房，錯雜其間的是傳統店家，嫁妝棉被店、接骨所、皮鞋店、草藥鋪、鐘錶行、粥餡小館等，卻也有金石堂、Baleno、佐丹奴的都會光亮。但我喜歡那老去的招牌，零落字跡裡，彷彿能聽見當年的吆喝，嗅見庶民百業的氣味。

左營大路是那樣不安，關於革命，關於留存。像我的高中歲月。

十六歲那年，我背起墨綠書包，穿起白衫卡其褲，開始在高雄中學規劃前程。同學來自南部各縣市，他們問我從何來？坐電車嗎？我說，左營，搭公車。我發現自己是那麼不習慣說出高雄，但我家地址確實寫著「高雄市左營區」。後來，我思索，或許是這裡過於例外。

左營的例外在於它的自成格局，比如人們說左營菱角，卻不說高雄菱角；說左營軍港，卻不說高雄軍港。其他像人口結構、語言、習俗、立場、訂閱報章，甚至晾衣方式、道路命名也存在差異。

歷經眷村改建，道路拓寬，這裡的路充滿碎裂的個性。「新庄仔路」是散布在三處不連續的共同路名；當人們走進北門，會訝異這萎縮的巷道竟出現兩個巷名，以西的門牌寫著「義民巷」，以東寫著「舊城巷」。據說，以前這成了長山八島義胞與退伍軍民的居住分野。不過，於我而言，這條巷子最迷人的是牆上率性的晾衣姿態。幾戶人家，索性在低矮的牆上黏固鐵釘瓦片，然後將衣褲勾懸其上，間雜插綁小國旗，於是一路上，那門牆因著國旗與衣物，花花綠綠。

對照工商形象的高雄，左營的例外，還顯現在它高密度的古蹟分布。文獻記載，康熙年間，劉光泗在此築土城，開啟台灣城郭之先。到了道光，大興土木，改建石城，闢東西南北四門。我獨愛北門，咕咾石牆一路通連龜山，門上寫著「拱辰門」，神荼鬱壘手持劍環，被泥塑於門牆，至今仍殘留些微塗料。

只是，關於城門的紋路與過去，就這樣乍醒在我的高中歷史報告，之後是一路的沉睡。那個著迷電影又顧慮節約的年華，我們對於左營，更多時候是為了中正堂的一部二輪片。有回，我與朋友看完電影，騎著單車來到「四海一家」。會來此是出於朋友的好奇心，這座日治時的軍官俱樂部，是舞會婚宴的舉辦處，現則以經營食宿為主。老一輩的眷民始終記憶，民國四十一年貝絲颱風來襲，人們紛紛前往鋪地而眠，共度風雨。

歲月彷彿在此避難起來，有了安心的護膜。

當我們走出此地，一位榮民正在梁柱下抽菸，頸部被層層紗布包裹。我似乎是看過他的，公車站或市場，我不記得。後來才想起，這些日子以來，左營大路上和我擦身的榮民。他們或行走，或背駝，或拄杖，或拐彎，然後就消失在一個無人明白的方位裡。

他們在找什麼？當年軍中簡短的答數嗎？抖擻的立正姿勢嗎？還是光榮的戰役？對岸的家人？我不清楚，只知電線桿上開始張貼著尋人啟示。有人獨居，有人失智，有人臥床，也有人在廣大眷村、磚坪屋瓦下，隨著海岸線一同模糊。

也一同空白。

民國八十八年，高雄觀光季，左營軍港開放參觀。我與朋友擠進人群，一睹巨大船艦、海軍健兒表演。結束後，我們來到西陵街，朋友愣在廣飛西服的老舊櫥窗前，指著一旁「訂

學生時期的公車左營南站（攝於2009年7月，現已改為義美門市據點）。左營大路上的事物，有那麼一點不安，關於革命，關於留存。

做男女軍服」的刊板，抬頭是瑞興、匯豐三軍軍用品等招牌。這條左營人口中的「兵仔街」，軍旅衣物、徽章、理髮盡有，只是已不再喧騰，它過於狹窄陰暗。

此後，軍港不定時開放，國慶假日時有艦艇展示，但它的開放還是有所保留。這陣子，朋友來左營當兵，入伍前我會特意帶著他們繞進眷村，找一座保留完好的防空洞，搜索躲藏多年的恐慌；也到了哈囉市場，說起當年美軍來此購物，攤販不懂英語，直說Hello的典故；之後在左營大路上買一杯龔家楊桃汁，複習童年滋味；最後來到海功路上（現已遷至左營大路），體驗半筋半肉的「左營第一家」牛肉麵，便送他們入部隊。

如今，5路公車已改成205路，路線更長更遠。左營北站消失了，左營南站搖身一變，成了義美門市據點。國道支線一路通往左營，迴旋的交流道將天際切出新風景。三鐵共構的新左營站，成了我進出高雄的新閘口。官員說，將結合眷村文物、美食、文化公車，外環蓮池潭、洲仔濕地，發展觀光命途。

而鐵路以東的左營，也早已房市蓬勃，遍地新建築，大小商圈發育著。曾有建商驕傲地說，這些樓廈落成後，將擁有閱讀海洋的視窗。或許，有天人們真能看見那灰亮海面旁，漂浮隱現的海岸線；也或許，它始終空白，藏得安靜，無人理解。

籠居歲月

那時我還是醫學系六年級的學生。有陣子我們隨著護理師穿街越巷，見習居家照護，在戶戶樓宅間換著尿管、鼻胃管、氣切管，也清理褥瘡傷口。

有天，我們出訪一位新個案，中風，右側偏癱。

「到果貿社區。」護理師向司機說。

我心一震，果貿社區，一個如此熟悉又如此陌生的地方。那是一片浩浩蕩蕩的土黃色國宅，是隘口，扼守左營大路南端，幾乎所有從市區來的公車，都先經過果貿。

即使八歲就遷居左營，我對果貿所知極少，只約略知道它是一個公車停靠站，那一站有許多人上下車。它給我一種迴避的感覺，所有的敘述向來輕描淡寫，關於它的消息總是那麼少，窗間的起居又是如何呢？

「鳥籠仔厝！」慣於寬疏地景的高雄人常如此形容果貿。每當行經此處，我很難不將視

稠密的外衣、蜂巢的內裡，中古大樓一路綿延，就像港島太古、北角一帶。它是我心中的小香港。

線移往窗外——招牌、帆布、防盜窗、遮陽板、冷氣機、晾曬衣被，一格格，一戶戶，密密麻麻，喘不過氣來。

稠密的外衣、蜂巢的內裡，中古大樓一路綿延，就像港島太古、北角一帶。

它是我心中的小香港。

果貿國宅以阿拉伯數字編號，共十三棟。每棟中又有特殊的細分——梯，遵循一種「幾棟幾梯」的座標法則。位置正中的第八、第九兩棟呈半圓狀，相圍成一圓，圓心處為公園，那裡可以仰望一幕圓形的天空；第一棟則位居外環，面古城、臨大路，棟型略有弧度，有人說當時為了避免住民一覽軍港，於是採此設計。

「果峰街」是果貿的主幹道，街口立有「碧海新邨」的石碑，如此寬闊海性的地名

設計為半圓狀的果貿國宅第9棟。

啊！但我們還是習慣稱果貿，少稱碧海新邨。它是海軍眷村果貿三村改建來的，曾是南台灣最大的眷村，據聞可納五千戶，光這群國宅就可分出三個里：果貿、果峰與果惠里。

但這裡住的並非全是眷民。我媽就有朋友，因來高雄開公車，全家遷徙至此。

「是哪一棟？」司機轉過頭來。車在果貿繞了一會，繁亂的地址編號讓他有些困惑。

後來問了一位老奶奶，終於找到案戶。一位穿著素簡的女子在國宅底下等我們。她短髮，外型有些壯，聲音低但響亮，一臉隨和的微笑。

「辛苦你們了，我是他女兒，請跟我走。」她說。

我原以為這蜂巢，可能像三重空軍一村的丙級眷舍，六坪上的起居。進門後，三房兩廳格局，比想像中大，但家具雜物處處，設備老舊，視覺上又顯暗且窄。

「伯伯，你的眉毛好像郝柏村喔！」護理師開始向個案寒暄。

「爸爸，不要害羞，醫生和護士來看你了。」女子一直哄著不語的父親，摸著他的頭、拍著他的頰。她和城裡沉迷打扮、受保護的女孩很不一樣，一臉任勞任怨、自立自強的樣子。

「辛苦妳了。」護理師對女子說。

女子說：她習慣了。在她家，女人都當男人用。這陣子，她和妹兩人輪流照顧父親，堅持不請外勞。每天按時灌食、換尿布，傍晚背父親至浴室洗澡，晚上和他擠在小房間睡覺。

「因為爸爸沒有安全感，晚上看不到我會亂叫。」女子解釋著。換完鼻胃管後，我們告別案戶。回程中護理師提到，女子今年四十歲，未婚。她曾和護理師聊過，她出生時，父親已年近半百。因母親早逝，她從小由父親帶大。這生或許就不嫁了，一生陪伴老父。

然而不止她，妹妹卅六歲也未婚。

此後，我就沒踏進果貿，它重回生命中一個路途招牌，一幢幢靜止的風景。再次走進果貿是因為附近彩繪而火紅的自助新村，不少朋友慕名而來。有次，他們攤開旅遊摺頁，指著「寬來順」，想順道一嚐。說實在，我不熟，竟也硬著頭皮按圖索驥找著。

寬來順是早餐店。對於果貿的早餐店，我較有印象的是來來，或許習慣了標榜「果貿來來」的連鎖早餐店。還好，寬來順不難找，臨圓環、近市場，但更顯眼的是排隊人群。除了常規的豆漿、油條、燒餅、蛋餅外，最出名的大概是包子。據說內餡以豬後腿肉為底，瘦肥均存，混以香蔥，咬一口，高湯漫流，自成風味。

我借來朋友手中的旅遊摺頁瀏覽，看看哪些美味是遺漏多年的。「劉家桂花燒雞」，據報導說，老闆娘籍貫山東，講究火候與滷包，這裡的雞都歷經數十多種藥材浸泡。熬熬煮煮，春去秋來，就這樣過了近四十年。

「列為口袋名單，等會離開再包回家。」我提議。

離開寬來順，我們徒步拐進果貿裡頭，眼前突然一片喧噪，人頭攢動。形形色色的攤販逐一開展，吆喝聲、議價聲，耳際漫流著繁複的語系。菜市場就在國宅底下，鬧哄哄的，朝氣勃發。然而我們終究不嫻於挑菜、不諳知肉價，於是迅速穿出人群，佇足市場外圍透氣。無意間，我瞥見一位騎綠色機車的磨刀老人，生活工具就綁在後座上，掛著小小價目表：磨水果刀三十五元，磨菜刀五十元，皮帶打洞十元。年老，卻散發旺盛的生存力道。

就在此時，隔著一條街，還有一整片如火如荼的交易，那是跳蚤市場。位於第七、第十一棟間的果峰街二巷與四巷，此時地上正鋪著錄音帶、大同電鍋、二手衣、茶壺、舊鈔、圖畫、底片相機、鬧鐘……氣味復古，所有物件的身上都凝結著時光。

我信步走著，看到一整套綠皮的《中華兒童百科全書》，還有幾本泛黃的《讀者文摘》，絕版與過季是這些圖書的共同身世；偶爾就是一方席地的玉鐲、佛珠，甚至老算盤、捕蚊燈、遙控器、充電器，全都靜靜躺在國宅底下。

朋友在一塊綠靛交錯的地毯前停下，那裡有一台壞去的唱片機，以及腕錶數只。老闆口音重，是一位頭戴牛仔帽的老伯伯。

「簡直是時光隧道。」朋友這麼形容。

但再走幾步，地上鋪放胸罩數枚，紅、咖啡、米黃色均有，色澤黯淡，我突然有些錯愕：有人會買二手胸罩嗎？

時光慢了下來，不知不覺來到第八棟，看見「丈景蔘藥行」，店內貼著大紅的「福」字，一旁是井然排列的藥草櫃。老闆濃眉大眼，問我要什麼？我感到些微口渴，點了菊花茶，中杯十五元，甘甜潤喉，平庶沁涼。

一位身著迷彩衣、頭戴競選帽的老人，此時騎單車從我們面前經過。他騎往一樓某戶國宅內，毫無煞車動作。我們訝異：民宅豈能任意穿梭？趨前，才發現那是公用空間，不少機踏車於此穿梭、停放，不知情的人會以為誤闖民宅。這種規畫，我以為是果貿獨有。

恍如一場異境迷走。穿出國宅，眼前一座籃球場，四周漆著青天白日滿地紅，還有一面國旗隨風飄浮。這樣的情操我懂，那是果貿的過往，淡去的抗戰紋理。

菜市場、小吃店、籃球場、公園、理髮廳、教會……我們繞了果貿一圈，感到它的豐衣足食，自成一城。

那是城中之城，外冷內熱的城哪！

此後，我陸續到訪果貿幾次，許多時候，僅僅為了一些傳說中的美味，沉迷一種邂逅的美好。後來，捷運紅線通車，紅36公車將果貿與捷運巨蛋站串連起來，我偶爾在車上遇見觀光客，慌張問著果貿或自助新村何時下車。

果貿的氣味越來越輕鬆、文青。更多人走進這座城中之城，為了拍照，為了打卡，為了美食。

然而果貿還是同樣擁擠的面目、稠密的外衣，包藏千戶人家深鎖的故事。

有次，一位熱愛攝影的新加坡朋友來台找我，他想以圖像記錄眷村塗鴉。這之前，他去過莫斯科Arbat特區，在一堵紀念韓裔搖滾歌手維克多．崔的牆上，拍下許多塗鴉。結束完眷村攝影，我帶他至果貿吃餃子。

或許因為大選已近，店內客人大聲談論選情，甚至有老伯伯拿著枴杖，刺指著螢幕內他反對的候選人，痛罵不留情。選前的果貿有些躁動、激進。

食畢，走出餃子店，路上一位女子正將一位老伯伯從汽車後座攙扶下來。那圖像我記得：好些年前，這十三棟國宅裡，某個窗間，也有位女子，在裡頭照顧著不能言語、不能動作的老父，並看著他病著、老去著。而女子還住在果貿嗎？老伯伯身體還好嗎？她會不會有天突然發現，不止居家如籠，命運裡還有一座更巨大的籠，她也正在裡頭老去著、流失著，並且辛苦地單抗著。四十歲、五十歲、六十歲，時光會流盡，她在裡頭學著委身、讓步與度日。

因為味覺的緣故

味覺是一種需要被反覆溫習的慾望。它不像視覺可以拍照，聽覺可以錄音。味覺必須使人奮不顧身親臨現場。

因為味覺的緣故，我去美濃。

國道十號開通以前，美濃在我心中一直是醃漬的。那時我媽有位同事，她是美濃客家人，常會送我們一罐罐醃福菜、醃筍、醃黃瓜片。美濃的想像是以味覺開始，酸酸脆脆的。除了醃漬品，那位同事還會送我們蘿蔔乾與梅乾菜。似乎，她讓我感到，美濃以陽光為廚，風為佐料，日曬與風乾，成了這民族勤儉的底蘊。儲藏，耐久，我的美濃記憶也跟著一同防腐起來。

國道十號開通以後，關於美濃，不再是醃漬的，我也才知過去所知甚少。車子從左營端駛上，卅分鐘便來到這座山水小鎮。那是高雄市民抽換語境最快、最徹底的方式。

從小到大我在高雄唸書，班上總有幾位客家人，卻不太會說客家話。偶遇會說客家話的同學，一問之下，就是來自美濃。在這環伺閩南話的南方，美濃像長了一層厚肥莢膜，把廚藝、語言、屋樓保留下來，如同醃菜封入瓶罐般貯存。

美濃總有那麼一點避世感，隱於南部山間，耐人尋味。水色、街弄、田地、山群，美濃過起自己的節令，少雜質，躲喧噪，有一種距離的美感。有一段時間，我常在一星期的城市疲乏之後，去美濃。

山光水色固是精神誘因，然而民以食為天，粄條則是更實質的誘因。

記得第一次到美濃點的客家菜就是粄條，當地人稱「面帕粄」。長條板麵、油蔥酥、肉片、韭菜，簡單卻有小小富裕感。但我的第一

美濃有那麼一點避世感，隱於南部山間。水色、街弄、田地、山群，美濃過起自己的節令，少雜質，躲喧噪，有一種距離的美感。

（上）薑絲炒大腸是我的必點。沒有腥味，淋上白醋，酸酸醺醺的，ＱＱ富彈性，嚼在口裡很熱鬧。

（下）第一次到美濃點的客家菜是粄條。長條板麵、油蔥酥、肉片、韭菜，簡單卻有小小富裕感。

印象是鹹、油、香。初始有些不適應，然而它的香蓋掉它的油，油蔥酥是關鍵，把樸實的粄條昇華了，油脂淡忘了。粄條分乾與湯兩種，我喜歡湯的形式，因為迷戀大骨熬煮的湯汁，那會令人懷念。

薑絲炒大腸則是另一道我的必點。沒有腥味，淋上白醋，酸酸醺醺的，QQ富彈性，嚼在口裡很熱鬧。佐點啤酒，更是唇齒留香。

若想體會慢火溫吞，我會來盤高麗菜封。這種燉得徹底的菜餚，吸取醬汁與蹄膀精華，香氣互融，鹹中有清甜，裡頭盡是客家的踏實。有些店家會以甘蔗墊底，炭火燜燒，另有風味。

若是戀戀山林美濃，我選擇吃野蓮或福菜，有置身田園的錯覺。野蓮長於美濃水域，有氣根，以豆豉薑絲炒之，一盤淡淡鹹鹹的綠色端出，視覺也得到滿足。

從醃漬、烘乾到熱炒，我以味覺記取美濃，記取客家。雖然東嚐幾碟，西啖幾盤，總量稍稍逾了矩，但幾週一次的頻率，似乎那麼可以被原諒。我想起王浩一先生面對府城美食說過的話。也許，在美濃，偶爾的暴飲暴食也會是一種美德。

救護車，在月球小鎮

有時搭乘救護車，也是認識小鎮的方式。

小鎮一直是神話的、課本的，它最早出現在一個關於地質的章節裡。那時我知道，小鎮除了光禿的惡地景觀，還有全台密度最高的泥火山。雨溝，泥裂，泥流，V形谷，小鎮擅長以泥裹身，休眠是慣用的語言。

第一次與小鎮擦身而過是二〇〇〇年，國道三號通車。車過隧道，窗外綠色突然退去，換上一片焦黃。鋸齒山脊裸露，植披垂危，大地龜裂，寂涼山丘從此綿延。地標寫著：月世界。

這是一座輪廓鮮明，卻記憶模糊的小鎮——田寮。

真正認識它是二〇一〇年歲末。我醒在微亮的清晨，背著筆電，劃過大片平原，五十分鐘車程，來到田寮衛生所，進行為期一個月的社區醫學訓練。每個週三上午十點半，再循台二十八線到古亭國小，衛教社區老人。

記得第一次，我以「高血脂」為題。一位阿嬤在課堂尾聲舉手發言：「東限制西限制，管他的，我要吃大魚大肉，吃到死。」

我愣住了，過去衛教經驗裡，從沒聽眾如此發言。她的這段話，從字面看來，是放棄與悲觀，但她說得響亮，語氣開闊飛揚，聽起來卻是豁達與樂觀。

老人們總是煮了大鍋湯，會後邀我一同吃。我好奇年紀，問第一位八十七歲，第二位七十九歲，第三位八十一歲……。平均逾八十歲的他們，不少人仍在山裡騎車。七十八歲的阿輝伯自豪地向我說，他還要管兩百株香蕉。

這是全台老化第三名的鄉鎮。每四人中，就有一名是六十五歲以上老人。

高速公路似乎沒替田寮帶來什麼，卻把年輕人帶走了。這裡不需便當店，因為沒有外食者。國小廢校，全區沒有7-11、麵包店、茶水間，只有一間傳統市場，位於崗山頭，兩攤肉販、兩攤魚販、一攤菜販，共五攤。

這裡亦沒有藥房、診所，是一座無醫鄉。二〇〇五年，衛生所終於來了一位醫師，是所長亦是主任。此後，每個週一至週四午後，鄰里間開始飄進農村曲：「透早就出門，天色漸漸光」，打開窗，一台救護車正放著廣播，異常緩慢地在鄉間小路彎繞著。

救護車不用來急送，而是一間移動的診所，特稱「巡迴醫療車」。下午一點半，藥師與司機便忙著將病歷、藥箱、衛材搬進車內，然後加上一位醫師、一位護士，四個人就這樣展開巡迴醫療至今。藥師名阿貴，美濃人，包藥兼掛號；司機名龍哥，岡山人，開車兼找病歷。

南安，大同，田寮，七星，新興。西德，三和，崇德，古亭，鹿埔。每個村落都有據點，寺廟常是選擇，不然就是鄰長家。沒有看診桌時，便從車內搬出摺合桌，樹下攤開，就地看診。

老人們總比約定時間早來，為了一週一次的巡迴醫療車。一種五年來的慣性與安心。他們多數是來追蹤血壓血糖，領取慢性病用藥。

但我以為最迷人的是藥箱。方寸銀亮盒裡，擠上百種藥，像鎖匠的工具箱，備齊心肺、腸胃、代謝、感染等疑難雜症之鑰。

有次來到烏山，因地處田寮邊陲，一個月只巡迴一次。烏山居高臨下，俯瞰月世界沉於腳下，虛浮縹緲，彷彿隱居著仙人，是廣寒宮，萬事微醺半醉，就連遇見的人也是。

一位重聽阿嬤，農事裝扮出現在廟裡。問診過程裡，她思緒始終清楚，當遞來健保卡時，年齡一算，九十七歲，多麼令人敬畏的數字！穿越抗戰與光復，近一世紀的風風雨雨。歲數也跟著漂浮起來。

那個月裡，我常在救護車上辨識山路蜿蜒，勾勒惡地走向。偶然的時空裡，瞥見住戶門牌寫著「月球路」。好炫的路，光聽路名就讓人感到浮升、神祕，彷彿行走其上，就能飄飄然。

月球小鎮不全然寸草不生。老人遞給我幾顆初熟的蜜棗，笑笑說，他家種的，下個月會更甜。我咬一口，鮮綠裹著嫩白，甘潤清涼，是冬季裡淡淡的滿足。

芒果，番石榴，蜂蜜，火龍果，田寮也有自己恬淡的食材，劃分節氣時令。

再次到田寮是二〇一一年七月。大崗山山腳下，龍眼樹正結實纍纍。這回，我抱出一箱死亡診斷書，分析死因，解構田寮故事。

翻著一張張死診，人生最粗略的大綱，陽光飽滿的土地上，偶爾遇見死因欄寫著自縊。我知道，小鎮仍有悲傷，裹著泥，不願言說。

救護車依舊準時下午出發，儘管今夏酷熱，有時為了一戶偏遠住民，得特地每月延駛，僅為下個月的藥。

「下個月人力不足，無法每週來，只能一個月來一次。」護士向老人解釋著，一條巡迴路線將在八月產生重大變革。

老人們有些聽了只是傻笑，或許仍會意不來；有些陷入焦慮，擔心藥物不夠，抱怨著；有些則或許再也不會來拿藥了。

說。

「也許有天，救護車再也不會彎進牛寮了。」一位資歷二十七年的公衛護士在回程路上說。

我懂她的意思。去年曾和她到住家替行動不便者施打疫苗。她說，以前那條巷子，有位阿嬤種小番茄，收成後，自己分裝，一人提去土雞城，每袋五十元賣給觀光客。幾年前，阿嬤因病離開，此後，她就不曾踏進那條巷子。

老去的小鎮，熟面孔也逐漸少去，只能留下細瑣的回憶，在公衛護士心中靜靜收藏。

那個蟬聲放肆的盛夏，我結束最後一場衛教。當初說要大魚大肉的阿嬤竟來到台前，說她要活到一百歲，田寮要拚全台老化第一名。

她很風趣，低調、知足地過活著。那是她最貴重的資產。

「透早就出門，天色漸漸光」離開田寮的那日午後，救護車照例放起農村曲，一次又一次，那是淡淡的小鎮故事，或許微不足道，或許輕薄如羽，但我知道那是一場午後的默契，關於巡迴，關於承諾。

註：隨著田寮觀光日益發展，二〇二〇年秋，首間7-11終於在田寮開幕，田寮正式進入連鎖超商時代。

小鎮醫師的一天

一

冬日午後，田寮下起一場大雨。擔心筆電淋濕，我索性將機車擱在衛生所，上街找公車。沿路上坡，我在轉角遇見一站牌：紅70，崗安路，班距六十分。要等多久？我這才意識到，此刻等車與等雨都是一片遙遙的灰濛。

但沒多久，車來了，是一台小巴，從田寮發車，經阿蓮、岡山到橋頭，是二〇一〇年底因應縣市合併，市府規畫的新路線。

我招手攔下，踩進公車的瞬間，司機問我：「出遠門嗎？」

我愣了一下，說：「回家。」

「你是花季溫泉會館的服務生嗎？」他狐疑看著我，彷彿不該有年輕人至此。或許看我提筆電、穿皮鞋、一身淡色襯衫，剛好附近有間飯店，就做了這番推測。

這下我心情大悅，司機的話太中聽了，對我來說，被誤為飯店服務生是一種暗示性的、面貌與儀態的讚美。

「不是。我來衛生所支援。早上在阿蓮，下午在田寮。」

司機年約四十，或許車上只有我們兩人，他開始與我聊天。公車在高低不定的小路上顛行著，他順勢聊到第一次在此開公車，多怕一個不慎翻落，壓到山下民宅。

「紅70只有兩種人會搭：老人與學生。」他說。接著，提到公車假日會延駛至月世界，即使如此，利用的乘客卻相當少。然後他開始感慨田寮觀光事業，兼聊溫泉飯店，再循著溫泉演繹話匣子，開啟關子嶺的泥漿記憶。

不久車經阿蓮，乘客開始上來，司機停止對話，我轉而看窗外，天色漸暗，雨水滂沱，我在晃盪的天光下，竟朦朧地睡了。

乍夢乍醒間，我依稀聽見鳥鳴的狀聲詞——啾啾。奇怪，怎麼會有鳥鳴？我睜開眼，除了高速駛過的貨車影子，窗外一片死寂，卻繁星熠熠。

第一次看見星子如此近身又濃稠，我揉揉眼，戴上眼鏡，才回過神來，那是遠處大崗山上的路燈呀。

「下一站，九鬮（音：ㄐㄧㄡ）。」公車到站語音再次報著。
就這樣忽夢忽醒，晃了五十分鐘後，車抵岡山，轉搭火車返家。

二

三天後，又輪衛生所支援。因為機車擱在田寮，為了赴八點上班，我起了大早到岡山，趕搭頭班紅70。小鎮醫師的一天，就此展開。

我坐在公車最角落，沿途只上來兩位阿嬤，但對向公車卻載滿往市區的學生。穿著城市的外衣，往鄉村緩緩移動，我感到一種逆向的暗流向我湧來。

水泥車、貨車、大卡車頻頻競逐車道，窗外從住家、店鋪、工廠到農舍，從繁入簡，紅70駛過鐵路平交道，鑽過高速公路涵洞，再穿過高鐵橋下後，終於甩掉車潮，空氣輕鬆了起來。漠漠水田，阡陌縱橫，那是阿蓮初醒的模樣。

大崗山在我的右手邊。

我喜歡此時的大崗山，與朝陽一起列隊東方，節制地發光，山的輪廓暈了開來，展示潑墨山水的國畫底蘊。這裡沒人上下車，風景被我獨享，有些霸道，也有些寂寞。

土庫，瓦窯，復安國小，一連幾站終於上來幾位孩子，他們和城裡的孩子很不一樣，不是惺忪、面無表情地搭車，而是睜大眼望著我。那眼神是抖擻的。

「下一站，九鬮。」

這不是昨天遇見的站名？我精神大振，望向窗外，這座音似鳥鳴的聚落，到底藏著什麼花樣？（難道有九隻龜相鬥？）只見幾間房舍孤單地依偎，後方零星散立紅磚屋，一間理髮店，一台農會提款機，田間種植芒果、香蕉、芭樂、西瓜，極度平凡的公路風景。

後來我查了「鬮」，才明白這是古時用以抽取決勝負的器具、或卜可否的紙條，如抓鬮、拈鬮。九鬮似乎包藏了一段遙遠的屯墾籤序機運。

約莫四十分鐘後，車抵阿蓮分駐所。我下車，走進中山路，窄仄二線道上擠滿攤販、機車與人群，時空瞬間喧噪起來，蒜頭、老薑、白筍、春捲、饅頭、甕仔雞、客家仙草、豬肉……「最俗！」、「最青！」豐富食材沿路高吭；7-11前六、七婦人戴斗笠、裹花布，一台秤，一把凳，簡單的蔬菜與瓜果，簡單的交易；夏日時節還會遇一中年男子，搬來兩只保麗龍盒，賣著六元枝仔冰。

「這把五十賣你！」一阿公手持四季豆向我叫賣。我微笑，但心中不免困惑：我這身打扮有這麼像逛菜市場嗎？

時間是清晨七點四十五分，彷彿阿蓮已醒來多時，如此早起的鎮啊！一些不需早起的生

小巴紅70途經九鬮。讀音狀似鳥鳴，卻隱約包藏了一段遙遠的屯墾籤序故事。

活物件：竹炭內褲、彈性襪、毛巾也在路邊聲張著所有的花色與折扣。

左轉中正路，右接民生路，穿行在吆喝聲中，我來到阿蓮衛生所。

主任姓汪，一九八九年夏天來到阿蓮，服務迄今已廿三年（現已離職）。當政府尚未推行免費老人肺炎鏈球菌與流感疫苗接種時，他便結合當地資源，替老人施打，成功降低肺炎死亡率。這些年來，他發表數篇醫學論文，顛覆我對傳統小鎮醫師的觀感，是現代與前衛的。

清早八點，衛生所一樓就擠滿看診民眾——戴斗笠、穿雨鞋，他們多半務農，膚色開朗地亮著。這裡設備雖不比大醫院，但抽血、超音波、X光、子宮頸抹片皆能執行，適合基層醫療訓練。我來到二樓開啟另個診間紓解人潮。

「卡緊，我等下要去園裡。」鴨農催著我，她說等了半小時。比起醫學中心，小鎮子民稍不耐久候。但那種抱怨在離開時卻轉為感激：謝謝。

「黃醫師，方便到一樓掃超音波嗎？」主任撥分機來問。

那是一位C型肝炎的阿公，病程步入肝硬化。黑白螢幕上隱現著粗糙的肝表面，些微腹水積存肚腹，有顆一點三公分的不明結節。但這並非小鎮僅有的案例，在阿蓮衛生所的日子裡，我常被汪主任喚來操作超音波，偶爾就會遇上肝硬化病患。過去十大癌症統計裡，小鎮的肝癌比率常高於其他鄉鎮，使得汪主任對於C型肝炎有種特殊的敏感度。

上午十點半，因為進行社區採訪，我提早結束看診，趕往南蓮活動中心。那是一處老人活動據點，今天他們要表演一段太極拳。

「怎麼遲到十分鐘？」老人們見我來，有些怨氣。

「抱歉，剛才看診耽誤了。」我頻頻解釋。

理事長隨即前來，第一句話是：「我們阿蓮是太極之鄉！」語氣中有著自豪。

音樂響起，一片白衣黑褲的老人開始蹲馬步，緩緩推出一拳又一拳。吸氣，吐氣，有股深不可測的氣流，在他們虔誠的眼神裡運轉。

「你覺得太極拳對身體有什麼幫助？」會後，我與老人們對談。他們舉手踴躍，改善失眠、降低血壓、痠痛消失……鏗鏗鏘鏘，振振有詞。一位七十三歲的阿嬤舉手說：「打太極拳後，我可以劈腿。」

真的還假的？我說我不信，請她示範。

阿嬤不推辭，站出來開始俯身，誓言要將頭頂到地板。或許受到她的精神感召，不少老人也紛紛站出來，表演彎身、下腰、拉筋等絕活。

眼看阿嬤彎身至某程度，突然一動也不動，臉色持續脹紅，我開始有些擔心：她怎麼了？

「阿嬤，還好嗎？」我趨前問候。

她猛然仰起頭來，接了一句：「你娶了嗎？」

這是一座軟骨小鎮，每個老人都積極向我展示他們俯身的本事。每個破曉與入夜，彷彿阿蓮都在演練太極拳，是一種潮流，是習慣，是生活綱紀。

故事開始於二〇〇二年十月。汪主任嘗試以運動促進社區健康，衡量阿蓮概況後，加上本身興趣，開始推動「太極拳種子教練」訓練計畫。當時找了一些地方人士，每個週二與週四晚間，一群人在鄉公所前打太極，八個月後，這些人感受到太極拳的益處，部分成為種子教練，分別往各村推動太極拳。

綿密的人事枝葉是小鎮的優勢，太極拳很快就傳開了，不久，全鄉十二村都成立據點，寺廟或學校，迄今學員已約六百人。

三

上午十一點半，返回衛生所，我與汪主任一同前往行政相驗。這是一種檢驗遺體、對病故者開立死亡證明的程序。這次死者家住中路村，本身無特殊病史，日前曾服感冒成藥，今早被發現在床上已無呼吸。

一路上我們討論了可能死因，不久，車經青旗村，汪主任岔開話題，說：「這地名很可能從明鄭時就存在了。」

我想也是，青旗聽來滿是火藥味。旗有一種占領、宣示的意涵，不過走進這村子，景觀都縮編了，周折的巷，窄促的弄，崩落的牆，不經意的轉角，就是一幢荒去的老屋，身世迴繞多謎。

車子緩緩西行，車經石安村，時而可見紅磚朱瓦砌成的三合院，有些坍了，有些重修，或華麗或傾頹，宛如展演一部三合院的興衰史。

不久車抵中路，更大規模的古厝在此蟠踞。燕尾脊、瓜筒、斗拱、木製鏤空門，彷彿有個遺忘而廢去的盛世。中路的外貌是蒼老的，和青旗一樣，亦是留有明鄭痕跡的地名。據說明鄭至此屯田前，此地有路一條，兵馬往復，沙塵飛揚；清代更是府城往返鳳山廳的中繼站。

四

我們和喪家簡短寒暄，釐清一些病史後，便來到靈柩前進行勘驗。

十二點十分，我返回衛生所，匆匆收拾筆電來到公車站，趕搭三十分往田寮的紅70。僅此一班，錯過了就無法準時到田寮衛生所。

這是慢板小鎮裡最快板的時刻，所幸搭上公車，一點多就抵田寮。稍事休息後，才得知今日支援臨時取消，突然有了空檔，我騎了先前擱置的機車，返回阿蓮觀摩戒菸班。

戒菸班於下午二點開始，台下共有八名學員。我到時，汪醫師已在台上分析吸菸的壞處。

「主任，請直接告訴我要怎樣戒菸？我知道抽菸不好，但就是改不掉。」一位職業為卡車司機的學員說。

這麼一講，其他學員也附議了。八對一，有那麼一點造反的味道。

汪主任淡定地笑，將話題轉向他抽菸的父親，不慍不火地聊起近身的戒菸故事。

下午三點課程進入尾聲，汪主任讓學員活動筋骨，教起自創的「戒菸操」，融合太極拳於體操中。在課堂結束時，突然要學員舉起右手大喊：「我一定改得掉！」

我愣了一下，那是汪主任嗎？好俏皮，這口號如此響如此亮，在一個平凡的午後，一間平凡的小鎮衛生所。他發了一些禮品給學員，看得出來是喜悅的。或許那是小鎮醫師小小的希望、淡淡的滿足。

下午四點，我騎返田寮，利用空檔製做報告。一晃眼，時間已過五點。今日無雨，我竟想著該騎車還是搭車回家？就徹底節能省碳吧！來到公車站才發現已錯過五點的車，下一班六點。我走上農會深鎖的大門前枯等，想著這班車會是上次那位司機嗎？

六點，公車準時到，但司機是位有些年紀、不苟言笑的男子。我們沒有任何交談。公車幾分鐘後就駛進阿蓮，看著地標上的Alian，我不禁想起高中時，有次和朋友搭客運北上，途中朋友問我：「到哪了？」我望窗外看，路標寫著：阿蓮右線，但底下的英譯竟是Alien，豈不是外星人？

我向朋友說：「到外太空了。」

幾年後，有次行經國道，我瞄了一下路標，Alien竟悄悄被改為Alian。

天色漸暗，房舍燈火逐窗亮起，不久，車子繞出阿蓮市區，繁星低垂，我知道那是山裡一盞盞下凡來的燈。

大崗山在我的左手邊。

我打開公事包找耳機，今晚想聽Coldplay。

「下一站，九鬮。」公車語音突然播報，時間是晚間六點三十分。

我暫停所有動作，望向窗外，似乎幽微地感知了：那是唱給我聽的地名呀！

熱鬧的方式

「這裡永遠不會熱鬧。」

大約是二〇一二年左右，我到過一次彌陀。阿貴此話，至今仍記憶清晰。

他是教會友人，姓吳，在庄裡屬大姓。廿初歲便遷離彌陀至高雄成家。

「就這樣了，市區就這條路。這裡永遠不會熱鬧。」阿貴將車停在中正路上，介紹我們一間魚丸店。

我們下車選購魚丸，彷彿是一種彌陀的破題法——以虱目魚為中心的海鄉，論斤秤兩，不只魚丸，兼及魚捲、魚漿、魚羹……。店面狹仄，低矮鐵架從屋內擺至屋外，上頭攤著一籃籃魚丸，鮮白圓潤。電扇吹著，蒸氣白霧逸散。

阿貴說，他的祖父是賣虱目魚苗的，親族間有魚塭幾處。養殖的血脈似乎在他身上流著。他回憶年少，鍋碗瓢盆便當裡總有魚，餐餐，日日，且多為虱目魚。這貫徹年少的食材，練就他剔嫩魚刺的絕活。

「起水青！」他說了一個令我感到陌生的語彙。

「我們彌陀人只吃起水青。」阿貴說，從鰓色與腹側前方魚鱗掉落概況，便能判斷虱目魚的鮮度。「起水青」聽來就充滿動能，彷彿魚出水而跳，生猛是也。

彌陀和世人講述的是虱目魚，是漁獲，是池塭與近海的熱鬧。但天空其實也熱鬧。阿貴永遠記得那天，家裡窗片震動欲裂。鄰近的空軍基地，若遇上國家節慶，常會展開戰機飛演；而平日則是教練機在領空飛旋，低空掠過不著地。

如此緊鄰的地理位置，給了彌陀一則限建的世代囑咐：房子無法增高，永遠低矮，永遠服貼，永遠在劃過天際時掩耳。永遠不會熱鬧。

「基地不可能遷走，習慣就好。」阿貴說。但聽久會生厭，畢竟是噪音。而他不抗爭，語氣裡也不見憤怒或積怨。

我們上車，往海的方向移動。過了聚落，大片魚塭便浮上眼前，打水車無止息地轉呀轉，電線桿沿塭田斜傾而立。

由於魚塭盤據，往海的路並不那麼筆直。分岔，斷裂又單向，會車只能一方選擇倒退直至岔口。

一位阿公載著孫，無安全帽，在塭田間穿梭；幾個孩子提保溫桶，尾隨一男子。男子突然向某溝圳奮力撒網，不一會，拉漁網，三兩隻虱目魚便在網內衝跳。

車在海邊堤防停下。飛砂揚起，萬事俱寂，有一點寒。我面向大海，右側是永安，左側是梓官。轉向，面對的則是大片魚塭，彌陀市區退得遠遠，再過去便是空軍基地。

唯有此刻，我才清楚一個鄉鎮的輪廓——關於一座被魚塭和空軍基地封存的海鄉。

日落，我們來到香檳飯店。阿貴說這食堂是外燴起家，以前無店面，僅搭蓋，不少流氓至此縱飲大啖，後來老闆採取限制舉動，有條件販食給流氓。

我們入內，店裡無菜單、無標價，初始我帶點疑慮，有種擔心被敲竹槓的預感。但，我是多慮了。這屹立多載的店鋪，自懂存亡道理。甜腥肥蝦、什錦炒米粉、味噌魚湯、青椒透抽……，阿貴點了不少菜色，以海洋為食庫，向海洋索食，儘管我不是嗜食海鮮的人，仍有不少滋味讓我嘴慾大增。

天際擾動，魚塭攪動，狀似靜止的村落也有自己律動的方式。不熱鬧或許是一種自謙的用詞。我想，阿貴口腔內，曾有過每日剔魚刺的熱鬧；而走進彌陀巷弄，偶然瞥見拉開鐵門的廳堂，電視前大家族圍一圈，食桌上有豐富的家常。人生如此，其實也算熱鬧了。

初來彌陀，這海鄉以虱目魚破題。論斤秤兩，不只魚丸，兼及魚捲、魚漿、魚羹。

往海的方向移動。過了聚落，大片魚塭便浮上眼前，打水車無止息地轉呀轉，電線桿沿塭田斜傾而立。

12火車站

卷三

南轉

草衙的天空

高二那年，有次搭12路公車去一位住前鎮的同學家烤肉。

這是一班由市區經前鎮開往小港的公車。那天放學後，我背著書包，和幾位同學走到公車站研究路線，無意間瞥見一個地名：草衙。好特殊的地名，這是什麼地方？衙門嗎？只是公車未到草衙，同學家就到了，我也下車了。

那天回家後，我查找了草衙的身世，還真的曾是一座衙門。相傳當時因經費短缺，清代官員以茅草搭建衙署，外觀簡陋，村人於是稱之「草衙門」；另有一說則是清代政府屯草於此，當時武官、馬匹來往頻繁。無論身世如何，草衙的軼事終究飄著淡淡官府雲煙。

事隔不久，再次搭12路公車。這回是去小港找同學，許多細節已淡忘，但記得公車停靠草衙市場那站時，天崩地裂，一架巨大客機掠過上空，準備降落小港機場。

於是，草衙的故事開始於天空。我隱約知道，那是一處可近距離仰望飛機、捕捉俯衝姿態的地方。

此後我就極少到草衙。直到畢業後，留高雄念大學，在小港兼了兩年的數學家教，才反覆與草衙擦身而過。

那時有專為小港與市區間迅速往來的機場幹線與301路公車，路線筆直，但因停靠站僅止於機場，我得於此下車，再麻煩學生家長前來載送。許多時候，我選擇路線曲折的12路公車，它能直抵家教學生家。

12路公車從火車站發車，沿中山路南行，右轉鎮海路，拐進翠亨北路，從此搖搖晃晃，由寬入窄，草衙屈曲的生命故事就要展開。

有次，一群看似國中年紀的男女，從火車站上車後，就整路喧譁玩鬧。他們言語直來直往，裸露無飾，帶著一點淫穢。女孩當著眾乘客面前，和男孩對槓。

「你無懶鳥，無懶葩！」女孩嚷著。

「幹，你欠幹。下面被幹到都鬆了。」男孩回她。

全車的人都聽見這段露骨的對話。很快地，他們又和好了，繼續嬉笑推擠。不久，公車轉進康定路，他們隨即按鈴，一群人穿著人字拖，大剌剌魚貫下車。全車突然靜下來。

我望窗外看，這裡有許多鐵皮搭建的房宅，接合過的水管貼著屋簷，偶然一堵裸露的水泥牆，牆上的紗門窗脫位了或破了，一種半途而廢的調性。有時平房上又加蓋一間神壇，圍著歪斜的欄杆，搖搖欲墜。接著我看到，那群孩子正從一條窄巷走去，裡頭陰暗紛雜，像是一整區的違建。

那時我恍然知道，草衙原來不是什麼威嚴的衙門，那裡有一區，自成一座城。歧枝的、寄生的、汗流浹背的城。

三、四十年以前，草衙附近工廠大肆興建，又因鄰近加工區與臨海工業區，大批勞工紛紛湧入，拆船、製板模、燒電纜、取廢五金，為了希望，日夜努力著。於是投機的房商開始搭蓋違建，租售予臨時工。後來政府實施禁建並規畫此區，然而成效有限，違建依然。

因為鄰近機場，這裡限建，沒有大樓。一片蹲低的姿態裡，卻滿是發芽的慾望——加蓋的鐵皮屋、突兀的鋁門、鬆動的木板、不規則的平房高度……過度擁擠而伸張的生命力，使得草衙曾是全國最大的違建區。於是，每個選舉前夕，違建議題成了此區候選人的政見。

後來，政府編列預算整治違建。拆毀一些樓，拓寬一些路。夷平與驅離，這裡有許多淡去的抗爭，曾經轟動，曾經聲嘶力竭。

北草衙，草衙市場，草衙，然後佛公。

車過漁港路，駛進草衙二路，一連四站讓人眼花撩亂：茶水間、自助餐廳、便利商店、香鋪、銀樓、機車行、診所、眼鏡行、美容院……兩旁慢車道被機汽車停得滿滿，四線道僅剩二線道通行。這是草衙最熱鬧的一段。

後來我才知，草衙以漁港路為界，以北為新草衙，以南為舊草衙。違建多見於新草衙，商家則密集於舊草衙。

然而不管新草衙或舊草衙，有種「生猛」的氣味是一路蔓延的。對照市區其他地域，這裡感覺性情較粗獷，作風更直接，不講繁文縟節，就是把原汁原味的生活攤了出來。

大馬路上貨車、聯結車川流不息，一路飛砂走石，有些急躁；小馬路上，有時一個紅燈右轉、一個逆向、一個臨時停車，然後猛然開了車門……公車就在裡頭戰戰兢兢地走走停停，尤其是草衙市場周遭。很多次，我被公車的緊急剎車驚醒，如此率性的道路啊！

然而多次的行車不順，龜速久了會讓人感到一種不透氣。有時，我盼著公車快過草衙。出了草衙，窗外將是一整片壯觀的貨櫃，載著四方故事，衝向世界。

公車、貨櫃、飛機，草衙就這樣輕易蒐集到陸海空的故事。

有次，公車在北草衙站上來一位十多歲的女童。她手中抱著一位嬰孩，後面又跟著三位更小的幼童。女童很有大姊的架式，指揮弟妹就坐。從對話中，我知道她們是一家人。

還有一次，家教結束後搭12路返市區，途中感到些微飢餓，一時興起，決定在草衙下車。我在附近一間小吃店用餐，點了四神湯以及肉圓數枚。印象深刻的是，當時肉圓一枚五元，味美價廉，好個庶民美食，踏實的滋味！

「我住草衙這麼久，離機場這麼近，卻從沒搭過飛機。」飯後，我聽見隔壁桌的男子，對一位想參加報紙上七九九九元曼谷行的女子說。我沒聽完他們的對話，便走出小吃店。

民宅與機身如此靠近，彷彿就更能貼近飛升的夢想。

搭機時我喜歡靠窗的位置。台灣海峽，旗津，高雄港，接著有一片蹲低卻充滿生命力的地方，大隱隱於市，我知道那是草衙。

鞭炮聲乍響，鼓聲喧闐，浩蕩隊伍迎面而來。仔細觀察，原來是廟會，數百名青少年列隊參與。

結束兩年的家教後，我就很少搭12路公車。幾次搭機返台，當飛機從外海準備降落時，我會望窗外看：台灣海峽，旗津，高雄港，接著是一片蹲低卻充滿生命力的地方，我知道那是草衙。

二〇〇八年三月捷運紅線開通，橋頭至小港暢行無阻，我幾乎與12路公車絕緣，更無緣拐進草衙。

某個假日裡，要去機場接朋友。原本打算搭捷運，但因時間還早，我突發奇想，竟跳上12路公車。車過草衙時，窗外出現一些新招牌：全聯、新技髮型、屈臣氏……城裡街廓的色澤漸往草衙暈散。草衙似乎有些改變，不變的是那片天，依舊不時飛過班機。

當年在公車上喧鬧、互以性器對罵的男孩女孩，如今也廿五歲左右，該穩重些了。他們還住在草衙嗎？還是已成為人父人母，搬離窄仄的隔間？或者飛越草衙上空，在一座更遠更遼闊的城裡闖蕩著？

12路公車就這樣悄悄駛出草衙，晃到機場，那裡有許多等待飛升的夢想。對某些人來說，機場如此近，也如此遠；希望如此近，也如此遠。但希望一直都在，在違建的上空，在草衙的天空。

2路公車的二分現象

大學時我在公車前鎮站附近兼了物理家教。每週四傍晚，騎車至火車站轉2路公車，九點半家教結束，再搭2路公車返火車站。

前鎮站之於高雄市，有種潮間帶的兩棲況味，前進一步是市區，後退一步是市郊。若往小港，前鎮更有一種中繼味，北承玻璃大廈，南啟尋常百家。短短幾分鐘的車程，面目抽換，商業區變為住宅區，往西更有大片加工區。

叭——火車站開來的，叭——小港站開來的，前鎮站還有旗津開來的，35路公車。臨海的物事，也在此落了根，比方前鎮夜市的海產店。

前鎮夜市就在前鎮站旁。我沒有見證母親描述的那座盛世——每天清晨，千萬機踏車湧進加工區。坐定位置，低下頭，生活就是工作，講全勤，願加班，複製每道微小細節：釘鈕釦、縫衣線、組裝零件，工工整整，密密麻麻；中午打開清早備來的便當，匆匆嚥下，繼續上工；傍晚，千萬機踏車又再湧出，不少人來到當年百餘攤的前鎮夜市，果個腹，明天繼續努力。

某次家教後，微餓，我踏進前鎮夜市。當時心想晚間九點多不要進食了，買杯無糖飲料即止，卻還是在一個似流水席的橘色圓桌前，一張塑膠椅上入坐。點盤糯米腸，沾淋醬油膏，燻裡帶鹹，鹹中有甜；食畢又叫了兩串烤黑輪片。黑輪扁而圓，兩枚一串，醬汁薄刷，棕亮亮，邊角鑲著幾點焦。

飽，真飽，一種睡前暴食、罪惡的飽。夜市格局小，但食材大方，傳統街邊台味小吃盡有：鹽酥雞、臭豆腐、麵線羹、甜不辣、鱔魚意麵、生炒花枝、冷凍芋、薏仁湯……大火小火，醬醋油鹽，各式海獲此刻正在鍋鏟下高歌。

但最引我注意的是三杯鴿。吃鴿子？我實在有心理障礙；不一會，當歸鱉、鱉爐、鱉血。吃鱉？我的舌尖過於怯懦。這些味兒，天飛懂回籠的，或似龜爬行的，只敢觀，不敢嚐。

有次延課逾十點，險搭上一班準備駛離的2路公車。上車往後方移動時，赫見後座全滿了——一片深棕膚色，灰撲撲的T恤，陌生的語言中，間雜開揚的笑聲。

他們是移工嗎？在加工區幹活嗎？但這時間點搭車，是要去哪呢？

公車沿成功路直行，那時未有夢時代，沿路荒暗，空地許許人煙少。我在車上遙望八五大樓一帶的巍巍建物，也看到一條界——過了三多路，就進了城的那條界。不久，漢神百貨到了，幾位時髦女子背名包，踩高跟鞋，大小紙袋豐收上車。她們沒搭計程車，或許是覺得深夜裡，巴士是公信的、保障的。

這是晚間十點過後的2路公車——意猶未盡購物的、汗流浹背下班的，分據車前與車後。但不管享樂或勞動，所有人在這班車上都是12元。最後，大家也都在火車站下車。

或許是移工人數漸增，後來我常在2路公車上遇見他們，去程多於返程。他們通常結伴出沒，群體行動，一坐就是公車的好幾排。他們也懂禮讓，遇無座長輩，總會起身，用手勢示意讓位。

他們漸漸不再是勞動的模樣出現。他們和城裡的青年一樣，愛打扮，瘋品牌，迷3C，衣帽鞋襪，提袋琳瑯滿目上下車。

後來2路公車停駛，路線併入214路，我也早已不兼家教了。

而夢時代開幕了。此後，三多路至凱旋路，這片都市規劃地，經貿園區、軟體園區、展覽館、複合商場、文創貨櫃……地大物博，遍地開花，城市的界不斷後退，輕軌開始在路面叮叮叮，當年在2路公車上看見的這條界，就要退到前鎮站了。是擴張，也是併攏，久了，界就要消失了。

有次逛完夢時代，突然老派上身，想複習味蕾記憶：糯米腸與烤黑輪片。這食物是會勾魂的，是百貨美食街找不到也無法取代的。我走進闊別多年的前鎮夜市，想著喜愛的攤家還在嗎？慶幸地，還在，味道也還在。我叫來一盤糯米腸、兩串烤黑輪片，望著夢時代，彷彿兩個時空在對望——老高雄與新高雄。這微妙的城市一角，隔著凱旋路，一分為二。我想起當年晚間十點過後的2路公車，二是隱喻，兩種生活，兩樣作息，兩方心境，在2路公車上悄悄分開了，又聚合了。寬容的城啊！原來善於對照，也善於融合。

小港二三事

對於像我這樣生活在北高雄的人而言，小港是遙遠的地名，即使劃入同座城市裡。高中以前，小港是途經的存在，點一下，沾沾水，如風如露。不少高雄人談到小港，就是機場，彷彿小港的記憶是天邊的。我也是。第一次進小港機場是國小，接機。阿嬤從美國回來了！那不是一個容易出國的年代，也不是高雄東京未稅九九九（甚至更低？）的廉航時代，送機與接機常見親族陣仗；後來幾次進機場是搭機，國內線，飛台北。那時沒高鐵，北高航線幾乎一小時一班，多是偕外婆去探親。

但小港的記憶也有地面的，那是去墾丁。八八快速道路未通車時，往東港、枋寮、恆春，這一串島南之南，都要經小港，接著和一輛輛聯結車擦肩或並肩，穿越很長很長的工業區，無窮盡啊，無窮盡啊，心一嘆，就不知不覺出了市界。

長大後才知道，那個無垠的工業區叫臨海工業區，那條無止的路叫台十七。

不論天邊或地面，小港的體認多是外廓的。想來真真實實踏進小港的街衢是高一。蘇，當年一百八十公分的他坐我隔壁，他的父親在中鋼上班，母親在中鋼幼兒園當老師。他住小港，因著他父母的職業，我曾想像除了飛機，小港是一個很鋼鐵、很金屬的地方。

高一下學期某日，蘇請了喪假。導師說，他的父親過世了，班上同學合包了奠儀，由同住小港的班長小龜轉交。

那天放學後，小龜找了我與他同去。我們來到火車站，一班69路公車來了，車頭寫著「火車站69小港站」，駕駛座前有個小牌「經桂林」，他叫我別上車，會繞路。不久，一班12路公車來了，我們上車，晃過半個高雄的跨度，終抵小港站。接著步行到小

公車小港站，是我初識小港街巷的起始之地。

龜家牽車，騎往蘇的家。

蘇與其親族都住在漢民路上，一連四棟的透天厝裡。那時我們還年輕，也不知該和喪家說些什麼，小心翼翼遞上白包，靈堂前敬個禮，說聲節哀，就離去了。

高二時，蘇轉去社會組，我以為就此漸行漸遠。沒想到大一時，一通電話，我回到漢民路上那四棟相連的透天厝。這次是家教數學，學生是他的表妹。

家教那段時間，他們把我當成一家人，常常一起吃飯，甚至開車載我到大坪頂俯瞰滿城燈火，我幾乎認得這四棟透天厝的親族。儘管如此，關於小港，所知仍是不深不淺，就像機場，對很多人來說，都是過客。

人生的繞路與重返很奇特。幾年後，我又來到小港漢民路，這次是小港醫院。那時醫學系七年級，有個月輪調此實習。因著值班，我有了「住」小港的三兩事。

有次值班，蘇和他表妹，還有表妹之妹、弟，一群人飯後來到我的值班室。離開後，我一人安靜在值班室念書。我感染到他們的溫暖，突然羨慕一種熱鬧，是一大家族住一起的那種熱鬧。那時我輩親族，因著留學、移民、工作、婚姻散居各處，我們在同個城裡各忙各，來不及好好餞行，就各自發散至遠方。不少定居海外的，離開高雄最後一腳踏的，就是小港。

值班時睡的總是不安穩。我往往五點多就醒來，在晨會前的空檔，吃完早餐來到醫院頂樓，那裡可以眺見鮮紅地標，寫著「中國造船」（現已更名「台灣國際造船」），打造一艘艘載重百萬噸的巨型船舶與艦艇。我想起蘇的母親，曾載我晃過那一區，不少中古公寓，沒有太多點綴，偶得綠樹扶疏，路標常是平和幾路、中船幾村，有時帶著「鋼」：鋼平街、鋼成街，彷彿中鋼中船從港埠上岸，也在路標上駐了足。

有次值班遇生日，學長得知大為驚訝，說：「生日值什麼班？你去漢民夜市逛逛，我cover你。」

我說沒關係，我已習慣不慶祝生日了。後來，我還是沿著漢民路晃了兩小時。說實在這條路挺熱鬧，豐衣足食，也長出一座夜市。我忘了那晚吃些什麼，但記得來到夜市一角套圈圈，想來壽星也無特別運勢，手中之環不斷減少，套進的盡是前幾排無用的粗糙玩具。

那時週間有接駁車往返高醫總院，交通大抵方便；但週六值班就麻煩了，因為週日僅有一班車，八點廿分發，專供夜班人員下班後搭乘。

有次週末輪我值班，週日清晨交班時，病房突發急救狀況，處理完已逾十點。此刻回左營，一南一北的計程車車資肯定不少。我想了想，決定搭公車到火車站再轉車。

69路，往火車站，經桂林。

我招手攔下，恍然想起高一時，小龜曾提醒我，去市區別搭69路，會繞到桂林，至少一小時才到。

桂林？在高雄怎樣的存在？是一處奇峰秀水嗎？

只見房樓逐漸低矮，景觀逐漸寂寞，公車駛進桂陽路才見店家，空氣裡飄著一種薄薄、半熟的喧噪，站牌寫著：桂林。但窗外無山無水，因鄰機場而限建，不遠處有一畝畝秧苗菜作，流露邊陲的一方農情。

不久，路上出現零星指示牌——天空之城、淨園、老爸等機場咖啡店，這裡可以近觀飛機，仰望夢想升空。然後，繞呀繞，就到市區了，終止於火車站。

於是69路沿途沾點農業，沾點工業，再沾點商業，真的很會繞，像迂迴的心思，像人生。

後來有段時間，我常在週六晚搭69路，明聖街下，走過田邊小路，和朋友到機場咖啡聽live、想出國的事。由於航班不多，很快就摸熟了所有在週六夜晚起降的班機。

我的小港故事就這樣沾一點，過一點，識一點，直行或繞路。儘管後來幾次遠行，出了小港機場，轉機再轉機，繞過某些國家領空，劃過地表大半經緯，終究還是得回來。當飛機準備降落，望向窗外，這才強烈被提醒，踏上台灣的第一步、高雄的第一步，正是小港。

鮮紅的造船標誌，提醒我小港不只天邊的事，也有海上的事。

蜿蜒的花季

我的高雄辭典裡有兩場花季：一是柴山密毛魔芋，一是高屏溪甜根子。一踞山一蟠河，五月與九月，為夏日揭幕與閉幕。

密毛魔芋我聽聞早，因高中生物科展有人以此為題；但甜根子相識晚，先前囫圇叫，芒草、菅芒、蘆葦……互借互代，釐清也是徒勞，在許多人心中，指涉的往往是同一件事：就是芒花嘛，一場荒丘上或枯流旁的秋日花事。

直到某日，我在報上讀見甜根子，先是愣一下：這誤解可深啊！有多少年，我根深蒂固地以「芒草」來述說我所見識到的「甜根子」。它們畢竟不同。甜根子多長於河邊，莖實心，九月開花，花穗淨白，凋謝後空留一梗軸；芒草則多長於山坡，又細分多品種，北部低海拔山區十一月開花的是白背芒，花穗偏金褐色，凋謝後呈掃帚狀；不只如此，一些泥濘沼澤處，還有面貌相仿的蘆葦，莖空心，十月開花。然而這只是粗略劃分，有時，它們還會共存，在一個廢棄的沙渚或礫堆上，燦爛並榮。

第一次邂逅大規模的甜根子是大學時。九月下旬，我與同學去了一趟蘭嶼。當火車駛經高屏溪舊鐵橋，河的兩岸已被染白，像鋪上毛毯，風一吹，柔軟款擺。但那趟旅程後來因颱風從東部外海北轉掠過，海空中斷，三天的旅程變五天。

回程時，車又過高屏溪，我再次注意橋下，毛毯已黯去，壯麗少了些。而我卻因此意識到，這城往東至盡頭，一年一會，有個花季會在橋下隆重鋪展。

我是喜歡甜根子、芒草這系的。數大便是美，銀了山頭，白了河岸。擎天崗、小油坑、大安溪、蘭陽溪……在台灣，秋日的主角是它們，不須跋涉，往城郊走便可得。而楓紅雖也有，但過於小眾，且往往隱於深山間。

我曾在草嶺古道追過芒。那是十一月中，官網芒花季的限定時間內。我走至啞口，又續往桃源谷行，一直期待照片中的銀白世界。我最終是見了芒，但沒有預期的蒼茫。

也許蓄意、計量過的花期都會失算，芒花、甜根子的邂逅往往帶點漫不經心，是一種撞見，出於偶然，橋墩下的無意一瞥，它就出現了。

想來幾次美好的邂逅，都是安排行程時未曾設想的。最難忘的是有次來到緬甸，正逢當地點燈節，我從曼德勒搭船往對岸明宮（Mingun），這條伊洛瓦底江（Ayeyarwady）河面寬闊黃濁，航程前段有些單調，但中途過後，開始出現一片白，我原以為是河面反光之類的，定睛一看，不得了，整片甜根子密密實實浮在眼前，等齊的雪白，高挺的莖枝，氣勢亦豪亦秀。往後，當我在電腦前回味相片，那日見過的古剎總是速速一覽，唯獨此河景，常是拉近、放大也放慢。

事實上，高屏溪的甜根子不只於舊鐵橋一帶，逆行而上至旗山，順流而下至林園，九月中下旬，花穗就在河邊搖曳，只是疏與密的不同。

而我以為最密的，應是大寮往萬丹的橋下，萬丹的那側。有次搭上墾丁快線去恆春，公車上了國道，不久接上八八快速道路。隔音板、鐵皮工廠、方整建地……起初是這景象，不久出現矮丘，墳塚亂葬其上。當窗外令我感到睡意，車子突然駛上萬大大橋。

大河現身了！我往窗外瞄，橋下花季正烈，似乎比先前舊鐵橋還壯觀、氣勢更盛。

幾日後我帶著相機，決定造訪它。站在橋上，高屏溪流得很慢，慵懶的河面在光照下銀灰微藍，水位低處沙洲裸現，浮島片片，如果再乾旱些，就宛如一條流沙；兩岸淤土呈黑色，怪手夷出兩條輪痕，採挖砂石，沒有甜根子植被的地方，坑坑水水，稀稀爛爛；而橋面不時震晃，大貨車、砂石車、聯結車，壓過輾過，愈是飛砂走石，巨輪下的花開得愈熱鬧。

出海口呢？我遠望，盡頭有些茫，不少高壓電塔兀立。河道似乎有些弧度，當往萬丹方向偏移，某個角度，一整排煙囪就在遠方並列出現了，有安靜的，也有冒煙的。電塔、煙

日暮時分，電車駛過高屏溪，河岸已被染白，像鋪上毛毯，風一吹，柔軟款擺。

囪、河流、淤沙、甜根子，此刻一次到位，竟有種哀豔的美。

我在萬丹端下了橋，再沿堤防往下游去。堤防外起先有一大塊空地，荒棄之原種著蔬菜許許，遠方還搭蓋一個簡陋工寮。觸目的一切，彷彿雨季一來就會淹覆。一台餿水車與我擦身而過，車身又顛又急。我拐進一岔路，路面窄縮，花叢愈來愈稀了。

砰——撞擊聲突響。一個阿伯超了我的車，在前方轉彎處，撞上交通水泥墩，連人帶車衝進一畸零地，安全帽、拖鞋瞬間飛出。

我停車趨前，見他抱頭呻吟，臉全是血，隨即看到頭皮有個撕裂傷。我叫他先加壓止血，接著報案。

「有車禍，自撞。」

「幾人受傷？地點？」警方問。

我愣住了，這是哪裡？荒草淤泥，舉目所見無一戶，連甜根子也匿跡了。我告訴警方，我只知道在高屏溪畔，對面是林園工業區，問他能否用手機來定位。

「附近有電線桿嗎？」

我看了一下，有一支，他要我報上桿身編號，說會派人過去。

幾分鐘後，阿伯起身，血仍滴著。他年約六十幾，門牙已空，眼神有些渙散帶點凶惡，但思慮算清楚。我問他可否聯絡家人來？他說不可能，家中只有太太，且不動不語臥床兩年

（上）往林園去，一整排煙囪浮在眼前。我想起林泰州導演的紀錄片《好美麗的煙囪啊》。

（下）電塔、煙囪、河流、淤沙、甜根子，靜靜地冒煙，靜靜地開花。

了。他剛才喝了酒。接著他把傾摔的機車扶正，在礫堆中找鑰匙，要我協助他將機車搬回車道，想騎回家了。

我拒絕。我知道那是需縫合且預防破傷風的傷口，況且他有些酩酊。

救護車仍未來。阿伯說，若我有事可先走。但我是報案者，豈能先走？

我是厭惡酒駕的，此時卻不知為何願意在此等候，將他交付才肯離去。不久，救護車駕駛來電，再次確認，一分鐘後抵達。

送走阿伯，我續行，終了來到雙園大橋。橋下又見甜根子，但稀稀疏疏，色度貧暗，或許出海口的花季早已過。我往林園去，一整排煙囪浮在眼前。

好美麗的煙囪啊！

這樣的語句，並非當時說出的。是一段時間後，我看了林泰州導演的紀錄片《好美麗的煙囪啊》，內化於心而補述的。但我已分不出是驚詫、自嘲、哀歎，還是諷刺了。

我想起那個週五夜晚，來到地球公民基金會，聽林泰州導演座談。會中一度籠罩一種無解的無奈。參與愈多，失落愈多，聽他拍片所承之壓，傳遞給我的是如此。而紀錄片裡，有一部分拍的就在林園。台下的我清楚知道，那裡我曾經過，且是因著甜根子而經過的。

戀戀甜根子，因著這種蒼茫之癮，我在通勤高雄斗六的鐵道上，也開始能指出幾條河：八掌溪、急水溪、曾文溪。每到九月，這些溪畔同樣能遇見一場雪。但二〇一八年八月下旬，一個熱帶低壓帶來滂沱雨勢，水淹數日，新營隆田間鐵路一度中斷。

九月車過新營，我往橋下看，甜根子寥寥，彷彿失約了。明年會再來嗎？

而萬大大橋下呢？

九月底我特地去了一程，意外地，盛放如故。望著遠方看不清的出海口，電塔、煙囪、河流、淤沙、甜根子，構圖依舊，靜靜地冒煙，靜靜地開花。

遂又想起紀錄片，好美麗的煙囪啊，好美麗的甜根子啊，放逐到城市邊界，自我燃燒，挨成一片蒼茫，彷彿是種搏命的生殖，趕在霾季之前，努力繁衍、製雪、成絮，隨河蜿蜒，直至出海口。

辜負的晴天

一年裡總有幾個月，陰晴界線模糊。陽光迷濛，亮得不乾脆，晴天是灰色的。

入秋以來，紫爆、紫爆、紫爆，有時一週分三次，有時連續三天。我原以為是偶爾一次的病入膏肓，但空汙警示卻經常成日常。

對PM2.5（細懸浮微粒）的醒覺，是近年來的事。以前只覺高雄入冬很早，什麼東北季風、陰雨綿綿、氣溫驟降，都是遙遠的預報。這城的冬日，風微雨止，大日高掛。少了潤澤，萬物有種枯的氣息，而枯的外表有層灰，彷彿蒙著哀愁。那時我只覺得是水氣少，後來終於知道，如此旱、枯、灰，乾得不澄淨的感覺，叫空汙。

約莫此時，南風已殆，霾在島嶼中南部，吞掉中央山脈稜線。野心大時，山形全消，所謂「霧霾移山」；霾也混進天色，把藍稀釋了，雲朵不靈巧，陽光不俐落，含糊的線條交織眼前的一切。這樣的時節，我反覆在島嶼西南沿線移動。列車劃過嘉南平原，窗外地景雖遼闊，但霧霾罩禾浪，灰妝裹身。車停，門開，空氣裡有股焦酸味，彷彿某種雜質，滲進生活，也竄入身，殃及心，日久令人寡歡。

不能運動了、孩子過敏了、氣喘發作了、結膜紅又癢……這些都是節制的牢騷；諷刺點的「毒氣室」、「人體空氣清淨機」、「最暗太陽」也成流行語。

「氣象預報一整週大太陽。但，能用嗎？」我的朋友，一位母親，在臉書上貼文。

她要說的其實是，晴天被辜負了。

愈來愈多的研究指出PM2.5於人體的危害。二〇一七年六月，醫學雜誌《NEJM》就美國醫療保險（medicare）族群，進行PM2.5與臭氧濃度對整體死亡率的分析，結果呈正向相關。

根據環保署空氣品質監測網數據，二〇一六年，我的戶籍地，左營，若以空氣質量指標AQI（Air Quality Index）超過一百（意即輕度汙染以上）的天數來算，是台灣所有監測站天數最多的，共一百五十六天。AQI反映空汙狀態，考量PM2.5、PM10、O_3（臭氧）、CO（一氧化碳）、SO_2（二氧化硫）、NO_2（二氧化氮）等汙染物。

然而不只左營，高雄幾個觀測站，甚至鄰近的屏東、潮州都上榜。獲知這訊息，我其實沒有訝異，彷彿就是預期中的一件事，無話題性的舊聞。關於這城的修辭，從來不會是清新、純淨。它身上的語彙，是石化、鋼鐵。

當高鐵駛進左營站前，當台鐵經楠梓續南行，當客運北上國道鼎金系統後，窗外是煙囪、塔槽、油管。進城出城，我所熟悉的家鄉，總在不止息地儲料、燃燒與冒煙。

然而這只是城北一瞥。仁武工業區、大社工業區、大發工業區、臨海工業區、林園工業區……煙囪塔槽的意象，邊邊角角飛灰共演。當大氣擴散不良，加以市井百萬排氣管，廢氣懸浮，濃烈驚心。

我在這樣的空氣裡，求學、通勤、慢跑，從前不知PM2.5，空氣顯得無憂無慮；如今知覺，反添了苦煩，空氣顯得多疑多忌。

大學畢業後，我到台南工作，之後又到斗六。從空汙之城到空汙之鄉，從五輕到六輕。有日驚覺，求學與工作，原來同在一條空汙沿線上。

某冬日午後，斗六PM2.5破百，我照例進行居家訪視。這次是新案，八十二歲阿公，中風臥床，鼻胃管與尿管，意識清楚，與外傭同住。

事實上，阿公以前獨居，中風後，先被子女接來台北住。一住是兩年。日子簡單，純粹得彷彿僅剩復健與處方籤。

我整理用藥，想像他的台北光景：兒孫作伴，一戶熱鬧的幸福。但不免好奇：為何返回老厝？

「台北空氣不好，車多，還是回雲林好。有田，車少，空氣好。」他說。

我聽了有些沉重。他執以為信念的，其實不是事實。

或許務農身世，對於秧苗水田，有一種歸屬感。然而數據呈堂，無以抗辯：一年內，雲林ＡＱＩ達輕度汙染以上的天數，約是台北的三倍；若僅就觀測站PM2.5濃度排序，斗六更常居全台之冠，一年二百五十多天未達世界衛生組織日均值標準。

燒著石油焦與生煤的六輕，自然成為眾矢之的。但揚塵自北邊濁水溪捲來，平原上永遠待續的廠房與工程，砂石車來去，舊的工業區外，又有新的工業區。有時農業廢棄燃燒，有時境外飄來塵暴。當一切都在東邊綿延的山脈前止步，散不去的，就成了秋冬春，漫漫數月的色澤。

即使紫爆，這農業大縣，阡陌間仍然有務實的身影，揹農藥，犁田，施肥，灌溉，收割。他們不善抗爭，生活的哲學是退讓。不尖銳，不刻薄。關於工業的剝奪、呼吸權的上街，新聞裡來自台中、高雄的聲音，還是比較亮。

「小時家住虎尾，往古坑看，山很清楚。」有次公務車司機和我說。他的家族世居雲林，半數務農。

因著醫療業務，我常往返七八快速道路，當公務車從虎尾駛上高架道，向東，此時平原在腳下流動，中央山脈就在路的盡頭。

「現在啊，一年沒幾個月看得見山。」他笑說。

我想續聽他對空汙的觀察與意見，但一切止住了。他口中關於空汙的指證，聽來完全不

小琉球望向高雄，彷如海上煙囪之城。

像抱怨。

我一直覺得，雲林與高雄在「接收空汙」的事上有些不同。當年我家還住高雄，工業的命運早在城裡扎根，汙染是定居以前的事；雲林不一樣，這土地上世居的人或許未想過，有天六輕來到麥寮，汙染是定居以後的事。

二〇一七年春末，行經斗六車站，戴口罩、裹袖套的婦人，拿了一張「破除反禁燒流言」的宣傳單給我。

「你知道嗎？六輕有一批生煤許可證，六月就要到期。他們正向雲林縣政府申請展延。」她聲音沙啞，逢人就激動講述空汙危害。即使氣力單薄，也要捍衛。

幾週後，事件在地方版新聞塵埃落定。政府最終全數批准六輕生煤許可證，但強調有條件的，除了檢測項目加嚴，亦加入季節限定的排放管制，並縮期兩年。

我知道那是一個複雜難題。工作權、呼吸權、六輕工會、環保團體各有訴求，各掌數據。有時我會想：霾害真正受害者是我嗎？我不過整天在醫院空調裡生活。或許暴露最多、呼吸最多、那更應反空汙的，是勞工。

我想起高雄的通勤畫面：民族陸橋、民族路、高楠公路，一路的騎車勞工，他們陷入車陣中，極少戴口罩，有時還點根菸。他們在意霧霾嗎？一切赤裸裸，健康無遮蔽，取得一種日子的滾動。

這些年來，我參與了兩次空汙遊行。其中一次，遊行後隔日，紫爆。我感到一種無底的疲憊，念頭轉而負向：一場遊行能改變什麼？南風就此吹來，霧霾散盡嗎？除了連署，還能幹嘛？

口號顯得微小而無用。

香港作家韓麗珠，在〈僭建的陽台〉中說：「眾多的微小和無用的聚合，往往近乎尖銳。」想來，那些關於PM2.5、臭氧的事，我也是在一篇又一篇的報導，一則又一則的訊息，這些可能被淹覆的網路文字中，覺醒，被聚合。

「想不出社區健康議題，就探討空汙吧！」身為一個社區醫學導師，我向輪訓的PGY（畢業後一般醫學訓練）醫師提議。我才發現，關心的人不少，他們和我一樣，下載台灣即時霾害、空氣盒子APP，每日追蹤空氣品質。

如此生活模式久了，自然習得歸納：大概每年十月到隔年四月，七個月，高雄霾季；而夏日颱風來前，氣流沉降，亦會一場霾。風場似乎是關鍵。但天象、地勢改不了，唯減少汙染源。

有時望著不乾淨的天空，坦白說，那樣的高雄，我並不喜歡，甚至生厭，即使是故鄉；但用空氣髒形容高雄，並不精確。因為每到夏天，南風吹來，這城市澄澈湛藍，色度飽和，所有線條歸位，甚至有幾天，站在陽台便能眺見北大武山。

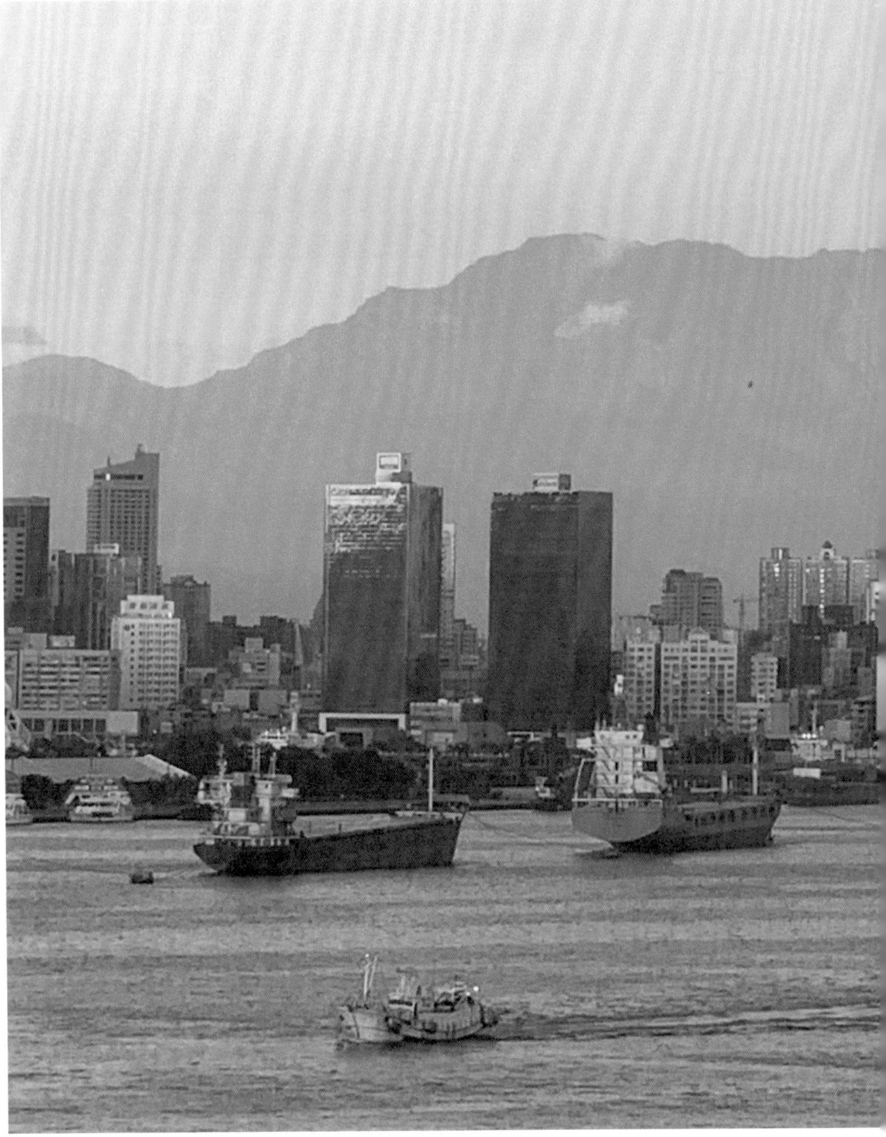

夏日南風吹來，這城輪廓鮮明，北大武山時而可見。山、海、港、市，一次到位。

我買台空氣清淨機，當成一種安心。只是自在呼吸的天數太少，整日關窗、靠機器濾清空氣不免悶。我告訴退休的父母，可以的話，入秋後就去恆春long stay，單單只為運動與呼吸。那大概是離家最近的避霾所在。

有時連日紫爆，我索性跟父母說：在恆春買個房，夏天再回高雄。他們說好。但事件至今仍懸著，零進度，似乎是習慣了高雄。

我想，故鄉雖蒙灰，父母應是有些眷戀仍在。那是此城之事，此城之人。

或許，眷戀隱含了喜歡。喜歡一座城，也包含接納它的缺點。於是戴上口罩，呼吸，工作，生活。幾個月後，時節會入夏，南風會吹來，霧霾會散去，這城市會回復它初始的輪廓。而我只能如此盼望著。

那些很機車的事

有一年春節，我來到西安。飛機降落咸陽機場時，四方一片霧霾，枯枝荒原，寒冷陰暗。我想，這就是西安。在我的印象中，它被埋睡地底的秦俑制約，萬物裹著土，揚砂走石，遠方永遠是不清澈的。

搭上機場巴士，轉一班公車，約莫一小時便到酒店。辦完入住手續，我來到市中心的鐘樓。這六百餘年的樓，磚石基座，木製樓身，綴著浮雕、燈籠與琉璃瓦，華美又滄桑。我拿起相機找好角度，按下快門，一個迅速逃竄的物體，不偏不倚，闖進畫面中央。

那是什麼？我拉大檢視照片：一輛改裝的機車，共三輪，後座以鐵條與塑膠布搭起包廂，上頭覆了一片微拱的鐵板，延伸至司機頭頂。整體配色很簡單，暗紅車身、鏽色鐵條，加上深綠與半透明相間的塑膠布，像一間移動的違建。

不久，我來到附近的鼓樓，人行道上有戴白帽的回族男子，踏著三輪車，馱一具壓克力箱，裡頭擺滿看了就飽的新疆大餅，而一旁是幾台同型的改裝機車。湊近看，車後搭建的包廂裡，有兩條對坐的皮椅，可乘四人。司機問我去哪？這才知道，它叫「摩的」，一種以摩托車來載運客人的的士（計程車）。

我想起曼谷的嘟嘟車（tuktuk），也是一種改裝機車。但嘟嘟車花色可口，黃綠藍紅紫，夜裡有些還閃著霓虹，沿街燦爛發光；摩的則黯淡憂鬱。或許因為緯度關係，恆夏的曼谷使得嘟嘟車除了頂篷，座位兩側並無遮擋，泰國的風、氣味與溫度從旁滲入，如此真實接觸；而摩的必須對抗凜冽風沙，塑膠布裹得緊密，在灰濛濛的城裡，與景物保持距離，彷彿多了層戒心。

但更大的差別是，在曼谷，你會看見旅客對著嘟嘟車猛按快門；在西安，除了我，沒人對它有留影的慾望。它蒙著塵，嗅著可能的線路，見縫就鑽。或許是這之前我鮮少來大陸，第一次見摩的，拿起相機竟也照個不停。

傍晚回酒店，服務生問我：西安如何？我說：摩的很多。他說：少見多怪，摩的在大陸很平常。有些不改裝，乘客直接跨上機車後座，緊貼司機一載一，也是摩的。

他說了一些在西安移動的日常：擠不上公交，招不到的士，地鐵路線少。在進退兩難又時間逼近的那刻，摩的便從車陣中鑽出，騎上人行道，逆向，轉個身，尋常巷弄黎民百姓外一章，一點走險，一點違規，成了城市生活的一景。

在西安那幾天，我大略走訪了兵馬俑、大雁塔、陝西歷史博物館。也和人群一樣，擠進回民小吃街，嚐了以「饃」為主題的各式麵食，戳一支桂花糕或玫瑰鏡糕，問攤販酸奶多少錢？一台摩的突然從後方險撞上來，嚷著：讓開。

走在街頭，有時攤商騎著機車，後頭牽一台烤肉架，停在人行道，升起炭煙，烤起羊肉、魷魚、麵筋來；有時頭裹亮面布巾的回族女子，機車後方載了一批毛帽厚衣，盤據地鐵站出口，守候打哆嗦的身影；而角落處，有摩的司機，似乎累了，索性屈身打盹，以車為家夢周公。

機車本著「行」，也負著「食」，還載點「衣」，更供了「住」，起居度日就這樣微妙地在機車上換幕。

初四凌晨三點半，我起床盥洗後便退房。為了搭上早班機，必須乘坐清晨五點西稍門始發的機場大巴。我在西大街攔了車，問司機到西稍門多少錢。

「要搭機場大巴嗎？五百塊，直接到機場。」司機說。

這是人民幣，不是台幣。我拒絕，要求跳表收費，到西稍門就好。

「現在過年又夜間，沒跳錶。不然三百塊！」

我對他不實的態度感到疑惑，寧願清醒地步行，也不願盲目地被坑。路上，我瞥見公車亭有兩位女孩滑手機，趨前探問是否等通宵巴士？

「沒講。打個的吧。」其中一位說。

就這樣走著，二十多分鐘後，竟也出了城門。不久，在南小巷一帶，聽見一台摩的向我靠近。

「找飯店嗎？過年期間都客滿了。要不要載你一程，幾十塊錢，青年路上還有空房。一晚一百七十塊。」

我沒理他，因我知道再撐一下，西稍門就到了。

「小伙子，找飯店嗎？還是搭機場大巴？你走不到的。」這話聽來像詛咒。他窮追不捨，騎上人行道來按喇叭。

「謝謝，不用了。」我大概回絕了四、五次，跨越一整個街區，他才退去。而十分鐘不到，我便抵西稍門，並非他口中的走不到。

坐上機場大巴，腦中不斷浮現方才的畫面：一位年紀看來可當我爸的人，初四凌晨，在凍寒的西安街頭，裹厚衣，騎摩的，喊著追著，只為了我點頭，載一程，掙點錢。

回台灣後，有天我整理西安照片，赫然發現入鏡最多的竟是摩的。

我自己也不清楚為何對摩的有一種特殊的情感。因為它的本身是我熟悉的機車嗎？

小時候我是逃避機車的。偏偏那時家裡沒汽車，出入常仰賴機車或公車。曾經我在路邊吃麵，一台機車被砂石車追撞，翻覆輾過拖行，一片模糊：曾經我騎著單車右轉，被左轉的機車迎面撞上，跌落，下巴縫三針；曾經我在騎樓走著，一台發動的機車突然後退，高溫排氣管灼傷我的腿。

機車留在我童年的畫面，常是負向的。我警覺地走在城裡，設想可能衝出、越線、爭道的車，學習禮讓它們，習慣一種綠燈不代表可以安心通行的過路法則。

小六那年第一次到新加坡。入境後，第一個感覺是：路邊有那麼一點空。我突然有些不習慣，機車消失了，汽車臨停違停也少見，如此守規、壓抑的路，彷彿禁了慾。

高三那年，同學紛紛考機車駕照，我遲遲未考。畢業後，起初延續高中的公車生活，但外務愈來愈多，我意識到再也沒有那麼多時間可以等車、繞路，終於考了照。

戴口罩，扣上安全帽，發動引擎，我開始當一位騎士，在濃密的紅綠燈之林騎騎停停，心浮氣躁。偶爾閃路邊一扇突開的車門，偶爾險撞不打方向燈轉彎的車，偶爾紅燈右轉，被藏身樹後的警察吹哨，行照駕照拿出來。

有時貪快，有時圖便利，我在交通規章中日行一惡（可能不只一惡）：超速、闖紅燈、騎上人行道、「先左轉再直行再左轉」的分段左轉。

我才發現，那些機車的罪狀，其實也在自己身上發生。

大學畢業服役後，我便到外地工作，機車也一併運走。穿行在這狹路曲巷居多的城裡，漸漸發覺，除了暴雨烈陽下的騎行，機車不盡然逆舉，亦有其善舉，那是自在與即時——覓食、兜風、趕火車、相貼取暖、深掘鄰里，滋味人生自此展演。

有次從新聞得知，高屏溪舊鐵橋下甜根子正盛開。我利用返家的週末，很臨時地帶著相機，搭上火車，來到屏東一個叫「六塊厝」的地方。

那是小站。出站後無店家，更沒計程車可攔。為了拍下白成一片的秋日河岸，只好徒步，三十多分鐘竟也到了。

返程時，我在堤防路上，聽見身後靠近的引擎聲，一位中年男子哼著歌，騎到我身邊，問：「有需要載嗎？」

我說好，連忙答謝，但突然想到：「沒安全帽啊！」

「免啦，這毋警察。」他笑說會載我走小路。

「六塊厝車站。順路嗎？」我問。

「有經過。我順便要去屏東市區。」他說。

他身著灰色工作服，衣褲散布大小不一的汙漬，剛下班，家住屏東九如。每天必須騎五十分鐘的車，來到小港一帶的工業區。六、日不全是假日，亦需輪班。

他的身影似乎向我講述著，一種機車做為生活載體的初衷。每天每天，工業之城，塔槽、油管、PM2.5、二氧化硫，總有人穿上工作服，騎上機車，風吹日曬，進城出城。他們只管揮汗賣力，在高溫下沉默，在噪音下寧靜，一天過一天。

於是，石化、廢五金、鋼鐵、船舨，一座城就此起家，就此壯大。那是最平淡也最深刻的勞動。堅韌且踏實。

我自然想起那日凌晨，鍥而不捨要我搭車的摩的司機。一座城裡，都有些微不足道的移動，他們都有自己的地圖。居家便道，恣意取徑，一遭光明一遭暗。有時一點違規，有時一些急躁。但肚腹要飽，衣袖要暖，樓房要牢，騎上機車注意安全，日子就此過了下來。

巻四

西遊

12元的出海方式

高一那年數學課，有天解了一題情境與交通工具相關的應用題。之後老師隨興做了調查：搭火車上學的舉手？公車的舉手？腳踏車的舉手？問到此全班已近七成舉手。之後又問了走路、汽機車接送等方式，同學幾乎都舉過手。老師開玩笑說：飛機的舉手？沒人。船的？這時，一位同學舉手了。

我永遠記得那一幕，全班都愣住了。這是高雄市，不是馬公，不是南竿，也不是金門啊！學校就在火車站旁，船帆的事離此甚遠。

我們隨即頓悟，原來高雄港外，還有一片狹長沙洲——旗津。一種本島與離島間的秩序，在高雄的海面上日日搬動著。

舉手的人叫小峻。印象中他很安靜、隨和，臉上有一層薄薄的倦意，常在下課十分鐘打盹，笑起來眉目間流轉著一種歉意。他住旗津，每天得先搭一段渡輪，再轉1號公車（現已併入248路公車）至火車站，然後步行至學校。

小峻不是班上核心的那群，也無擔任幹部，多數人對他的印象很淡，但一提到他，就想到旗津。

我和小峻接觸不多，高二那年他就轉去社會組。然而他的「搭船上學」讓我印象深刻：原來，高雄市存在著島與島間的位移日誌；原來，搭船離開高雄，是一件說走就走的事。

那就走吧，一個假日午後，搭船航向海的那端，學生票12元，離開台灣島最廉價的方式。我的小出國。

從鼓山渡輪到旗津，一鼓一旗，豪情相映。據說，「旗」字的靈感是因旗津北端之山狀如旗面，而島本身狹長如桿。於是橫旗躺於港外，渡津船隻於此往返，故名旗津；但又有一說，旗津原名旗后，後日本人以「旗鼓堂皇，津梁永固」之義，改名旗津。

無論如何，這名字的背後，聽來總是飛揚的、勝算的。

選擇一個晴天來旗津，第一件事就是上燈塔。天空的藍與燈塔的白在此拮抗著，希臘愛琴海式的性情，彷彿全世界的藍都集中在此，那是我的Santorini。

燈塔本身就是一方風景，為文藝復興後期的巴洛克建築。塔身呈八角形，頂部為圓狀，塗以黑漆，上頭有個風向儀：塔身白亮，彷彿以日光洗身，天天光鮮，看不出它從一九一八年就屹立於此。

選擇一個晴天來旗津，第一件事就是上燈塔。天空的藍與燈塔的白在此拮抗著，彷彿全世界的藍都集中在此。

砲台底下一整片積木小屋，二層樓或三層樓，漆著鵝黃、粉紅、淡藍、乳白，色彩可口，讓人充滿食慾，宛若童話。

燈塔下方則是一間展覽室，羅列台灣各燈塔圖檔。但來燈塔，最讓我迷戀的卻是塔後的白色圍牆。手撐著牆，踮起腳尖，牆外就是一整片規矩的藍。偶爾，我會違規地攀坐幾秒，呼吸海風，當作一種出城的小晾曬。

離開燈塔，穿行一處林蔭小徑，咕咾石防空洞遺址時而可見。約莫幾分鐘，砲台就到了。

這砲台的門面讓我有些困惑。它是一扇中國八字門，門楣寫著「威震天南」，但兩側門牆卻各磚砌成一個「囍」字。怎麼烽火殘垣處來個囍字？總覺得此情此景該題個「枕戈待旦」之類的標語。

很久以前我亦曾到過此，那是小學的戶外教學。我依稀記得，老師要我們比較兩側囍字的差別。端詳一會，竟發現不一致，怎會出現如此工程疏忽？後經解釋，才知當時因兩門柱分由不同師父蓋築，囍字就不同。

磚瓦砲台居高臨下，傲視群雄。但我以為，更精彩的面目在砲台底下——一整片積木小屋，二層樓或三層樓，漆著鵝黃、粉紅、淡藍、乳白，色彩可口，讓人充滿食慾，宛若童話。

「有點像開普敦。」一位小時住過南非的華裔朋友和我說。

然而，我終究沒到過南非，開普敦的想像如此遙遠。但，砲台底下往高雄港望去，還有另個異國角度——八五大樓、台灣領航企業大樓、匯豐銀行、三多商圈，玻璃大廈一列排開，那是我的曼哈頓。

「差這麼多。」朋友笑說。

我們總在天后宮附近，買來數支撒滿芝麻的烤小卷、裹花生粉的烤黑輪、一袋酥炸金光的番薯椪，帶上山，坐在砲台城垛上，俯瞰底下繽紛民宅，一邊大啖，一邊痛快聊天，偶爾配一盤番茄切盤，沾著和有醬油膏、薑汁、糖粉的佐料，旗津之味也。

後來我不再是學生，但船資僅多三元，十五元（現已調整為四十元），一樣親民。只是對於燈塔砲台我已無新鮮感，晃蕩路線轉而順中洲路南行，有時為了一間與時光抗衡的雜貨店，有時為了一條震著划拳聲與卡拉ＯＫ聲的窄巷，有時為了一碗樸實卻入味的麵飯。

那是另個12元的出海方式——35路公車。35路公車從前鎮發車，經過港隧道，從旗津南端駛向北端，然後再折返。

我較常搭返程路段。車過旗津國小，據說這是高雄第一所學校，一八九八年由日人所建，當時名打狗公學校。不過我很少為了小學下車，最常下車的站是中洲路。因為一枚十八元的冰餅。

斗六冰城。這間冰店有些老舊，但也因此滋味陳了、牢靠了，嚐一口便能領略老店的道理。蘇打餅乾夾著濃郁牛奶冰，是我的必點。此外杯裝冰球，倒入傳統紅茶，這道紅茶冰淇

這渡輪以如此務實的姿態載過我高中不切實際的異國幻覺。那樣的出海方式，只有在旗津。

淋，是店內另個招牌。

有次我在中興里活動中心下車。這附近有個輪渡站：中洲輪渡站，比起旗津輪渡站，它顯得低調，隱身於一片民宅後方，附近有製冰廠、造船廠，鮮為外地人所知。這裡船班少，約一小時一班，經高雄內港航往前鎮。不同於旗津輪渡站，這裡可供汽車上下船，但瘦弱的船隻負載龐大的汽車，總讓我有沉船的疑慮。

我信步走向輪渡站，站外有一排遮陽棚，婦人蹲坐於此，穿雨鞋、戴斗笠，一地臉盆與保麗龍盒，裡頭盛滿掙扎的魚蝦，以及淡淡的鹹腥。

「現撈的。」粗啞的嗓音喊著。婦人說完，看了我一眼，就不再多言。她大概早已摸清可能購買的臉孔。

按著船班時刻表，我爬上渡輪二樓，空蕩蕩，只有一學生坐在角落玩手機。這也好，讓我隨船緩緩移動，凝視港區勞動的細節。

空疏的渡輪，使我想起35路公車一路南行的風景——越見荒涼，直到一地的貨櫃與無邊的天幕，我知道準備進過港隧道了。

那是最神祕的時刻。短短幾分鐘，公車潛入海底，又浮出海面，我們在海中公路晃行著，全車的人都悄悄經歷了上方一場壯烈的海水淹覆。

但我想我是多慮了，隔壁乘客熟睡如熊，鼾聲有些大。或許只有我在公車上偵收寂寞的海洋訊號。

有次和疾管局專員去港口進行檢疫，聽了高雄港第二港口簡報，才恍然知道，旗津原來曾和台灣島相連。當時旗津與小港相接，一九六七年因二港口擴建，於是從中掘開，至此成為旗津「島」。要到一九八四年，過港隧道完工，旗津才再與台灣相連。其間整整十七年，旗津成了真正的離島，只能仰賴船隻往返高雄。

所以，旗津的島途有某程度的「人為」。

「就像新加坡的聖淘沙。」前陣子，我在渡輪上聽見觀光客如此形容旗津。風車公園、海洋探索館、貝殼博物館、星空隧道……，越來越多的觀光設施在此打造。渡輪更大的意義是觀光。

但我想，這三百多年的島，故事遠比聖淘沙豐厚。它曾是一片船帆繁景，商貿蓬勃，不單只有一層膚薄的觀光外衣。而且，它有世界最便宜的渡輪，我和那天隨行的香港朋友說。

他說，不，最便宜的在香港，尖沙咀至中環，天星小輪平日的下層座艙，港幣二元左右（約台幣八元）。

我微笑。儘管不是最便宜，但至少這渡輪，以如此務實的姿態載過我高中不切實際的異國幻覺。那樣的出海方式，只有在旗津。

椰林大道

曾和一群高雄人聊天。談到搭公車，大家不約而同說：我搭過1路。

那些故事有：一人至堤防垂釣、兩人至西子灣看斜陽譜戀曲、十八人到海之冰共吃一碗剉冰（交換十八種唾液？）；哈瑪星的、代天宮的、海水浴場的、渡輪的、高雄港的，故事常是豐收，像漁獲。

那曾是黃金歲月。一班接一班，1路公車從火車站駛離，開往鼓山輪渡站。

初次搭1路是去口試。當時中山大學針對雄中新生甄選數理人才，錄取者將可參與實驗計畫，這對日後推甄大學有相當幫助，吸引不少同學報考。

我報考了物理組，筆試通過後，便被通知口試。口試當天，三位考生為一組，分批進場，坐一排，與三考官相對，問三題，每人各有一次答題優先權。輪到我了，印象深刻被問了一題：為什麼樓梯的燈，可以一樓開燈，走到二樓再關燈，是怎樣的電路圖呢？我愣了一

中山大學蓮海路上植了一排大王椰子，把夢想撐得高高的。

下，慘了，串聯並聯串聯並聯，腦中一片空白，幾秒鐘後，便被另個考生不慌不忙地答去了。

那天口試後有點悶，我循蓮海路走去，想看海。沿途植了一排大王椰子，海面則有一整列等待入港的貨櫃船隻，碧海藍天，雲淡風輕，我好像被拭去了什麼，獲得某種安慰。往後當我來到中山大學，總喜歡走這條椰林大道，想像這是高雄的公館。

升高二的暑假，同學阿星辦了一次班遊，地點：澎湖。我又搭上了1路，這回是去輪渡站的另一側。只記得港色壯闊，吞了止暈藥，就登上台華輪，在海上回望這座遠去的母城。

這船頗大，除可載客千餘人，亦可負汽車、貨車、大客車。學生時的我們顧慮預算沒訂臥鋪艙，選擇座艙，整路打牌，餓了就去販賣部沖碗泡麵，或者一包可樂果或鱈魚香絲，近五小時，馬公就到了。

那時馬公還沒有麥當勞，許多高雄有的連鎖店，這裡仍未見蹤跡。樸實的馬公港埠，一下子被台華輪傾倒出的人車塞滿了，仔細看，許多人並非遊玩裝扮，我第一次察覺到原來有這麼多人往來高雄澎湖。

我想起家裡客廳桌上不時擺放的鹹餅、黑糖糕。是心阿姨送的，她是澎湖人，每半年就回澎湖一趟，返台時常拎上袋袋土產。事實上除了心阿姨，生活在高雄，身邊總有一些澎湖人。

電影《風櫃來的人》說的就是這條軌跡。主角阿清等三位青年，離開澎湖到高雄討生活。有一幕，他們上岸後在港邊等公車，上錯兩班，最後坐上88路，港都戲院下，前往他們要去的河西路。電影中的公車令人懷念，那正是我記憶裡，最遠端、八〇年代的高雄公車：銀殼車身，漆上藍色線條，無空調，乘客對坐兩條皮革長椅，沒下車鈴，只有車窗上方牽出的長長鈴線，下車前拉一下，便叮叮作響。

事實上，日治時期便有大量澎湖人來高雄。他們來此築港，將糖輸出台灣。由於澎湖土地貧瘠，作物多是落花生、番薯，穀稻少，每到秋冬，東北季風吹來，風勁航運斷，缺糧達半年之久，日本政府為了調節人口壓力，開始季節性移民，鼓勵澎湖人至高雄工作，春夏再返故鄉。日語「出稼」就是這個時空出現的語彙，他們大多先落腳旗津鹽埕，從事漁船工、碼頭工、人力車伕……短期出島，但年復一年，久了有人就此定居，漸漸地，也有人從商從政，在高雄拓出新天新地。

我沒經歷那段移民勃發的年代，只能從身邊一位位澎湖人的故事，遙想他們上一代、上上一代，或更久遠的先祖，如何的乘船，上岸，遷徙，最後根著高雄。

澎湖人打造了半邊高雄，是這些移民元素，富庶了高雄的內蘊，讓海的性格更加強烈。

於是走在海邊路，背對高雄港，仰頭一望，偌大而斑駁的幾字「高雄市澎湖同鄉會」，看得出有段歷史了，是伏筆，是線索；步入城裡，散布的澎湖海產店，蝦蝦魚魚，蟹蟹蟳鱘，金瓜米粉是經典款，鳳螺、丁香魚、透抽、小管、姑婆嶼紫菜……好一座長在碟盤鍋碗中的海洋博物館。

但更澎湖味的物證，我知道的有兩處：一在旗津北邊，二在柴山大路邊坡下。這兩處沿岸，各有一整片仙人掌，不羈地長著，五月還會開出暖暖的黃花。初見時不免困惑：這仙人掌是不是上錯島了？它們也是從澎湖遷徙來，落葉歸根高雄的嗎？

距高中澎湖班遊多年後，某個五月，我再次來到澎湖，想走走未到訪過的島。

馬公和我高中認識的不太一樣，市區人車密度比高雄還高，免稅商城氣派臨港，菸酒精品滿層樓。它沾了一點城市的浮華，卻也保有台灣縣轄市，那種老街老巷老市場、五臟俱全的踏實。

我搭上一班開往虎井的交通船，對座是一位男孩，船行不久，他拿出背包裡的紅包，塞入千元鈔票。

「你住虎井嗎？我好像看過你。」男孩旁邊的老人問他。

「我是昌輝（化名）的孫啦，國小就過去高雄了。」男孩答。

「啊，我想起來了！長這麼大，快不認識了。」老人說。

從他們的對話，我知道男孩這次回澎湖最重要的任務是代為轉交母親節紅包，三天後他就要搭機返台。

（上）柴山大路邊坡下的仙人掌，初見時不免困惑：它們也是從澎湖遷徙來，落葉歸根高雄的嗎？
（下）仙人掌在高雄岸邊開花，彷彿是種澎湖的思鄉遙望。

我想起身邊的澎湖人，返鄉多是搭機，船是少數；而身邊的高雄人，旅遊澎湖也多是搭機，咻——起飛不到卅分鐘，就準備豎直椅背，打開機窗遮陽板。

即使港區高澎間的故事淡了些，這麼多年來還是我最喜歡去的地方。輕軌登場，倉庫活化，舊的崩解，新的攢生，高雄港日日布新。二〇二〇年歲末，一場跨百光年煙火光雕，磅礡輝映港灣。

高雄臨海而建，傍港而立。從八〇年代《風櫃來的人》打拚勞動的港，到二〇二〇年花火燦爛的港，港依舊人群佇足，依舊車來車往，總有海風，總有汽笛鳴，總充滿契機，工作、求學、情事，甚至一座城市的命途。大船就要入港，貨櫃疊高高，看船的視線都是仰角。這裡多晴少雨，雲淡風輕，可以交付一些煩惱，可以憧憬未來，走著走著，彷彿就在記憶裡走出了另一條椰林大道。

南沙除夕食譜

有一年，我與一群陌生人，在氣溫卅度的除夕夜裡吃年夜飯。北緯十度，南沙太平島。

獲知調派南沙其實很突然，時間就在過年前。後勤官告訴我，這次將有巨型軍艦載送兩梯新兵與豐富食糧，讓大家好過年。

「沒關係啦，你其實仍在高雄。南沙隸屬高雄旗津區啊！」同梯朋友笑笑和我說。

我愣了一下。實在難以聯想，南沙太平島與高雄的血緣。畢竟，那是一個充滿蕉風椰雨的赤道島嶼。

「所以從南沙打電話到高雄的家，不用再加〇七？」我困惑，這算一通市內電話，還是一通越洋電話？

想起去年除夕在病房值班、吃著微波後的7-11便當，對於「除夕不回家」的反作息，我倒也淡定如常，安然流放至南沙。

登島不久，春節來到。除夕那晚，我們圍坐在餐廳，指揮官說：今起到初三，天天加菜。我看著桌上菜餚，比平日豐盛，但卻有層膜，灰灰的，覆上所有肉菜。

細節至今已淡忘，但清楚記得其中一道菜是芋頭鴨。肉質紫灰，嚼來乾澀堅硬，鴨皮則萎縮蜷曲，一盤深秋落葉的景象。我能想像有隻脫水、冰封的鴨，在冷凍庫裡進進出出，分期付款般地填著弟兄的胃。在這道菜裡，芋頭顯然比鴨更能保鮮，色澤與氣味大大蓋過肉片，等於是大啖芋泥。

另有一道清蒸魚與一盤紅蝦，肉質並不鮮美，但不至酸敗。魚身覆滿大量薑絲，試圖掩蓋腥味；蝦隻與蒜頭小碎片相拌，彼此滋味模糊。我們沒有把魚吃得太乾淨，不過這也好，正是「年年有餘」。

此外還有台灣時蔬兩盤，不見翠綠，但見深綠沉沉。吃一口，我心想著：這菜老了，從採收、分裝到運送，遙遠的路途都寫在菜的色澤與嫩度上。

我有些絕望，但告訴自己得知足，畢竟這島物資得來不易。據說，年夜飯是太平島上最「新鮮」的一頓，食材裡完全沒有罐頭食品。在平日，餐點裡總有幾道罐頭食品，有些肉菜吃到時可能已冰凍數十天。廿多天一次的食物運補，使得全島必須撙節食材。只能蠶食，不能鯨吞。

儘管年夜飯號稱「新鮮」，卻多是這批由軍艦載來的菜，光在海上就過了兩天半。從過冬的島到溽熱的島，伙房兵說：有些肉菜一到南沙就變質了，只好丟棄。這裡沒有所謂現採與現宰，所有肉菜都充滿輾轉的命運、時光的漂流。

我開始想念台灣除夕的種種美味。就在年夜飯尾聲，一道台灣未曾有過的菜色登場了——剉冰。我先是愣了一下，後才頓悟這是熱新年專有的年菜啊！盛上一碗，澆淋鮮豔果醬，酸酸甜甜，縱使色彩做作，卻是今晚最具感官刺激的一道菜。

多年以後，當我想起此段服役經過，才知道這頓飯即使不新鮮，卻不至敗壞，並在記憶裡，如此善於保存，如此新鮮。

12元的旅程

年輕時，心情悶的時候，我為自己安排一趟12元的旅程，那是迴避城市最輕易的方式；心情high的時候，我為朋友安排一趟12元的旅程，那是城市最開闊的角落。

高雄市有條公車線99路，從鹽埕出發，經西子灣、中山大學，往柴山延駛。我搭過不少回，它和城裡多線道上疾馳的公車很不一樣，專行小徑，沿山依海，暈晃晃，慢吞吞。

99路是小巴，班距長，錯過了就得等上一小時。未有公車即時動態APP的年代，這種路線的設計，顯然不是給偶然等車的觀光客，而是服務一群諳知時刻表的住民。

比方哨船頭下車的老阿公。我遇見多次，時間常是週日下午。那是默契，亦是慣性——車停，司機大嚷：「下車小心。」接著，老阿公起身，按著握把，一步挨一步，全車的人都安靜等他下車。這是淘汰急速的城裡少有的耐性。老阿公下車後，會立在站牌前向司機奮力揮手，久不離去，即使公車已駛離。

又比方週六上午從文學院上車的銀髮族。

我遇過幾次，他們大概十多人，年約六十來歲。從談話內容判斷，像退休公教人員，一身登山裝備，顯然剛下山。這是一支氣盛的特攻隊，逆著年歲，也逆著城市週末的慵懶作息，趕在人群之前，完成攻頂與下山。

又比方鼓山市場上車的阿嬤。

她從麻布袋掏出一卡通，往感應器貼了一下，然後拉高嗓門抱怨車班晚分，像精算菜價般地計較公車時刻。

但令我著迷的是她手中的一卡通。是什麼時候，科技滲進年歲，走入部落？幾次下來，我發現柴山老人，都嫻熟感應一卡通。這是城市無聲的布局，藉著99路公車，把新的概念，悄悄載往聚落。

若朋友來訪，我會搭99路公車到終站，再往海角咖啡走去。那是一間與海近距離的咖啡館，有咖啡、點心、簡餐等，可以耗一個上午聽海與聊天。

有回我一人坐到終站，司機沒趕客，反而繼續上坡，就在一戶人家前停了下來，讓一位阿嬤下車，宛若專車，之後才開往更高處迴轉。

司機見我未下車，問我到哪？是外地人嗎？

我說，高雄人，心情悶，想看海。

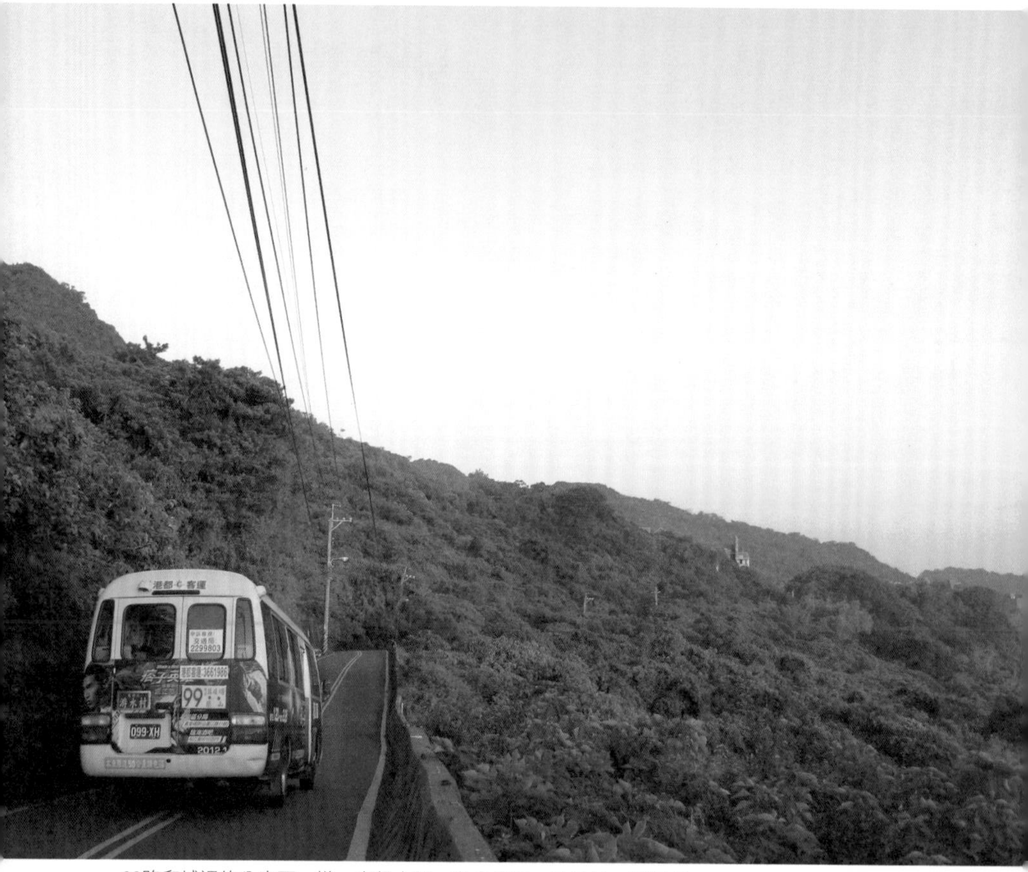

99路和城裡的公車不一樣，專行小徑，沿山依海，暈晃晃，慢吞吞。

柴山阿朗壹有著海蝕洞、裂石、沙灘、礁岩、仙人掌、廢棄碉堡，是近年新興的祕境景點。

我們簡單交談，他告訴我一些私房景點。

「沿原路回頭，看見柴山國小站牌，然後往廟的方向走下去。」司機指示我方向。

不久，我來到柴山國小，拐進附近一村落。一位婦人坐在門前，無視於我的入界，專心低身剪著趾甲。我刻意繞過她，走上石梯，在屋簷與窗間，瀏覽戶戶懸掛的生活零件——日曆、收音機、藤椅、竹竿、裁縫車，線條如此輕淡，時光如此遲滯。

我經過一間熱炒店，或許未到用餐時間，寥寥時蔬野味，食客零星；轉角有間茶樓，門以漂流木搭建，線條隨性，彷彿強風一來便會解體，還諸大海；茶樓旁有條石階，走下，眼前一座瞭望台，索性架在礁石上，遺世獨立，羽化登仙；再走下，盡頭是漁港，不見船艇，只見破舊竹筏載浮載沉，看透塵世風浪般。

在這裡，頹廢是會彼此傳染的。我很難想像不遠處正是貨櫃進出的國際港，柴山漁港就此偏安一隅，以鄉村的姿態和城市共存。

偶爾，尋常人家前會栽火龍果、種絲瓜，一種安靜卻力盛的風情，是頹廢裡的生命力。於是，99路是我隨性的旅行公車，密碼99與12。

二〇一〇年二月，99路突然不見了，改由捷運接駁車橘1延駛。路線類似，卻感覺不同，僅僅換掉99這個號碼。

幾個月後，假日更有柴山觀光公車行駛，班次密，捷運端發車，只要12元，領票一張，無限次上下車。只是不久，政策失算，民眾使用率偏低，柴山觀光公車停駛，橘1也不再延駛柴山。然而，99路公車卻因此復駛了。

我像是找回一個可用的密碼，通往顛簸的記憶。

後來，有很長一段時間，我極少去此區。但城市的觀光發展，比我想像的快。中國、香港、韓國、泰國、菲律賓，再次搭上99路公車，竟聽見這些語言。近來網路流行一條祕境走法，從文學院下方海岸走至柴山漁港，這條路有著海蝕洞、裂石、沙灘、礁岩、仙人掌、廢棄碉堡，並按著漲退潮，呈現各種繞道走法，人們稱此處「柴山阿朗壹」。

坐上99路公車往柴山，有時會想起一些旅行過的城市，以及城裡公車瑣事。隨著匯率與油價，票額浮動來去：首爾一千三百韓圜、東京二百一十日圓、新加坡一．七新元起……票價資訊總需更新，像城市著迷改變一樣，難以恆常。只有這座城，儘管新舊消長，喧噪過，也低迷過，但從我懂事到現在，車資始終不變，12元。

12元，讓我感到一種安心。那是屬於這城的數字、一個載運的單位，負過煩惱與歡樂，穿行華麗與素簡，從城市到海角，風雨無阻，蜿蜒出我的故事。

柴山豔行書

柴山有二豔，一為密毛魔芋，二為猴臀。

之一　雨後暴發戶

五月雨後的假日午後，我選擇上柴山。

我懷持過各式理由上柴山：有時鍛鍊，有時靜思，有時晃蕩，有時逃避。而五月雨後，常是為了一朵盛開的密毛魔芋。

盛夏前夕，高雄市下了幾場大雨，步進柴山，往小坪頂方向的木棧道旁，總在地面冒出許多驚喜。

密毛魔芋花型古怪，紫紅花托，中央挺出一蕊柱。不用近觀，便聞濃烈屎臭襲來。

那是密毛魔芋，我打從高中就認識它，因為一次學校的生物科展。

密毛魔芋花型古怪，紫紅花托，中央挺出一蕊柱。不用近觀，便聞濃烈屎臭襲來。我永遠記得初識密毛魔芋時的錯愕——在最華麗的外表，聞見最惡臭的氣味。這種視覺與嗅覺的拼搭，極端對比，多麼強烈有個性！

密毛魔芋常在雷雨後攢出地表，花序直衝天際，宛若兵器長鎗，因此有人稱之「雷公鎗」。據說，柴山上曾發現高達近三公尺的密毛魔芋。我想像那一層樓高的長鎗，破土而出，直指蒼天，像在索問一個不公的生命際遇；我見過的密毛魔芋則約略及腰，一公尺高左右。

我不清楚有多少登山客和我一樣，為了密毛魔芋登柴山。有時，找著找著，忽聞林間惡臭一片，我知道密毛魔芋就在此，赫然，它就躲在樹幹後，和我玩以嗅覺為線索的捉迷藏；有次，我沿泥土小徑走去，就在岩石後方，一株密毛魔芋高及我胸，像刺客暗劍對我。好一座武俠山林，密毛魔芋於此論劍，鏗鏗鏘鏘，劍拔弩張。

除了密毛魔芋，柴山上還有另種魔芋：台灣魔芋。我的柴山經驗裡，台灣魔芋比密毛魔芋早幾週破土，它們同血系，均屬天南星科魔芋屬。比起密毛魔芋，台灣魔芋顯得矮小，但這兩植物身上處處是叛格，比方都先沉潛地底，俟春雷乍響，便竄出地表，急於抽長莖柄，骨子裡是一則暴發戶哲學。

叛格，還在動植物的界線上。

魔芋身上總能找到一些動物的習性，譬如破土的熱衷、生長的激躁、爬蟲般的休眠堅持。在地面的時光，它總是動態的、幅度大的，有專家說它一天甚至能長高二十公分，這和一般植物的靜態、舒緩很不一樣。

但腐臭之身能吸引蜂蝶採粉嗎？我時常想起這問題。有次，我在密毛魔芋上，看見一隻蒼蠅停留，搓著腳，把花粉往身上沾，似乎給了我答案。原來，蒼蠅不老是病菌散播者，惡意形象下也有良善的心。蒼蠅參與了魔芋的復育工程。

密毛魔芋，柴山之魅也，此魅乃詭魅。它給了柴山一個迷離身世，踩在許多不典型的界線上。

七月過後，幾次上柴山尋找密毛魔芋，卻找不到了。似乎少了交談對象，聽見自己清脆的腳步聲，拾階而上，一梯踏過一梯，而雨季就這樣無聲息地結束了。

之二　治安最差的地方

左營人大概對19路公車不陌生。左營北站發車，經鹽埕，往四維路。

密毛魔芋常在雷雨後攢出地表，花序直衝天際，宛若兵器長鎗，因此有人稱之「雷公鎗」；不少密毛魔芋高過成人身長。

19路標記了一個年代——左營北站的年代。那時，市區來的乘客，如欲前往楠梓、加昌，得於此換車。後來左營北站撤了，19路併到219路，鹽埕楠梓一路到底。

我對19路最早的印象是小時母親帶我去柴山。但幼年哪愛爬山？當然是看猴。19路彷彿內化為記憶的一班觀猴公車，此外路線中有一大段沿鼓山路而行，軍營、眷舍、水泥廠一路置換，但背景始終是山，我自稱這是一班沿山公車。

說來奇怪，柴山之猴從哪來？同在高雄、同樣布滿珊瑚礁石灰岩的半屏山，卻毫無猴影。

事實上搭19路去柴山是少數，多數時候我們騎車去。路線往往從龍泉寺始發，走到哪不重要，重要的是過程——猴的百態。

經典鏡頭：理毛。此舉極易遇上，兩猴依偎，專注清理皮毛。撥呀撥，搔呀搔，東抓抓，西蹭

柴山之趣，觀猴乃其一，猴之百態以理毛最常見。

蹭，然後入口嚐嚐。牠在吃跳蚤嗎？還是皮屑？細毛？

不然就是盪樹的，從此樹盪到彼樹，然後沿枝椏爬跳，砰——倏忽落地，繼續追逐，新仇舊恨未結清；有時不偏不倚坐定枝幹中點，嘩啦啦，灑尿如灑花，肥沃大地，偏偏底下坐著人，這絕非剛好，是狡猴的精算與意謀。山頂泡茶的山友都知道，當猴悄悄爬來你上頭的樹枝，絕對要換位。

小猴抱母猴，一組又一組的親子團，在木棧道上緩緩遊行；此路是我開，此樹是我栽，有時四五猴隻並排路中央，據地為王，齜牙咧嘴，瞠目凶視，看似路霸，但若無其事繞過去，什麼也沒發生；有時三兩猴隻坐亭椅，懶洋洋躺臥，開始理毛，開始餵奶，甚有行房事的。

觀猴之趣，更在於猴臀。仔細觀察，猴臀不盡然鮮紅，而有些猴不但臀紅，臉也紅。紅通通，是慾火中燒嗎？曾遇上一位生態解說員，據他觀察，雌猴終年臀紅，發情時臀膚會腫脹，顏色更紅更豔更烈，彷彿要爆開了；而交配季時的雄猴，尾巴高舉成S型，臉與臀也開始惹紅，像點了火，春情燃燒。解說員更發現，柴山獼猴有交配機制，核心雄猴擁有優先權，可和最先發情的雌猴交媾。

有次登柴山，走過一段階梯，店家櫛次鱗比，步進木棧道不久，突然感到手中塑膠袋被拉扯，不到三秒鐘，扯斷了，零食全被劫走了。一隻獼猴與我對望，然後迅速潛進樹叢。

如此光明正大的搶劫呀！無懼、無束，我這才驗證到柴山之猴的跋扈。悍猴、潑猴、惡猴，那些傳聞不斷：逛大街、闖民宅、搶超商，從山巔放縱至山腳，攻城略地，路線更延伸至中山大學。不久前，市府農業局更接獲報案，通報來自鳳山、鳥松、三民等區：有獼猴出沒！

但新聞裡更多的是被潑紅漆、被捕獸夾斷肢、遭毒餌誘食的猴。有一陣子短短幾週就十來隻獼猴死傷，外傷明顯。

台灣獼猴，柴山之蠹也，此蠹乃危蠹。與不可預測的獸性對望著，會抓，會搶，會咬，會發情，會打群架。

有回我爬到柴山雅座，坐在涼亭打開背包時，一山友說：「小心，食不露白，這裡是高雄治安最差的地方。」

刨冰港灣

這是一座適合刨冰的城市。

當渡輪靠岸，鐵板降下，一輛輛機車率先衝出，人群接著也上岸了。燒酒螺、花枝丸、烤黑輪，嘴慾仍在手中的塑膠袋與竹籤上纏繞著。小孩嘴角還殘留烤小卷的醬汁與芝麻；男人打了飽嗝，滿是海鮮快炒的油腥味；婦人拎著一袋魚脯與烏魚子。旗津那頭的故事仍未散去，耳際便飄來刨冰機運轉聲。店員戴著乳白手套，芭樂、西瓜、鳳梨、香蕉、芒果，切切剁剁，紅黃綠橘，鋪置碗中，覆了冰，再鋪一次。接著淋果醬，澆糖水，煉乳從冰峰處擠下，成為最後奔流的甜蜜。

海之冰、大碗公、福泉、陳家……濱海一路上，曾幾何時冰店雨後春筍地開。刨冰一盤端過一盤，人群從店內坐到騎樓，把溽熱逼退到路央。店內摩肩擦踵，總是盛況，也總是潮濕。吊扇呼呼地轉，庶民百姓潮男靚女，掏出衛生紙擦著汗，也擦著滴融的冰。

海之冰，一種標榜專為團體打造的大碗冰。

這是鼓山渡船頭，我來此吃冰已好幾次了。有回和朋友一起來，為要歡送小Q赴歐深造。選擇如此餞別方式，理由無他，只因我們臆測：人在近北歐、濕寒的經緯上會想念的，大概是高雄的刨冰。

說來奇怪。在我們的童年裡，渡船頭的記憶只有港灣、渡輪與夕陽。那時似乎不流行吃冰。關於冰，我們僅知七賢路上有阿婆仔的李鹹冰。海之冰崛起得太突然，多年以後，竟成為我們指認高雄的方式。

這裡最具名氣的該算是海之冰。據聞故事發軔於八〇年代左右，當時僅是簡單的冰店。九〇後，老闆娘退場，女兒們接手。

那時，常有中山大學學生運動後，相約來吃冰。然而膨脹的胃袋不安於一碗冰，學生要求續冰，或者更大容量，以抗衡城市慣常的高溫。有次，一位海洋資源（海資）系的學生突發奇想，要求店家以裝載水果的大臉盆盛冰。他原想惡整同學，但店家不拒，應著要求竟做出大碗冰。

哇！學生們驚呼，蔚為系上新聞。可加倍加量、想像無限的刨冰開始傳開。

海資冰！海資冰！學生們叫著，彷若系冰，成為標誌。不久冰店有了新命名：海之冰。一種標榜專為團體打造的大碗冰，開始風行。

二人份、五人份、十人份，甚至廿人份的巨型刨冰都有。因此，你能想見，口涎、融冰、果醬、糖水、煉乳，緊密地在碗底攪著，舀著，彷如一種間接接吻。如此，感情不會斷。

我曾與朋友點過十人份的水果冰，但那終究是做個樣，我們仍用母匙，各舀所需。這太不熱血了，在瘋癲之際，仍放不下衛生的顧慮。

而歡送小Q那次，我告訴自己要突破，禁用母匙，讓四面八方各馭其匙，挖鑿桌上冰山，直到飲盡碗底融冰為止。但那天我們原欲去海之冰，未料爆滿。枯等不到多人桌位，只好另擇附近冰店坐下。

這間店我消費過幾次。它有一定的點冰程序。顧客先拿menu紙張與筆，畫記冰品項目，然後結帳。但今日生意同樣大好，menu紙張耗盡。所有顧客必須在收集同伴交代的冰品後，來到收銀台前拉拉雜雜地點著，演練短期記憶。

「可以幫我做十人份的水果冰嗎？」我問。

「沒有。下一位。」

「可是menu上有啊！」我納悶。

「大碗公只有一個，被用了。下一位。」

我回到原桌，重新調查各自喜好。

「我要兩碗芒果冰加冰淇淋、一碗花生牛奶冰加布丁、一碗紅豆牛奶冰……」我頓了一下，「抱歉，還有一碗情人果剉冰。」

店員似乎有些不耐，眼神裡滿是厭煩，冷冷地複誦了剛才點叫的品項。

我聽著，心裡也盤點著，似乎漏念了一項。

「還有一碗紅豆牛奶冰啊。」

「你可不可以一次講完？這樣我很難做事。」

我沒回應。事實上，被她這麼一說，我也猶豫起來：到底剛才有沒有點過紅豆牛奶冰？

我感到自己被逼退到一種臨崖的處境中。這種平日看似輕易的點餐，此刻如此讓人患得患失。說過了什麼，遺漏了什麼，重複了什麼，面對收銀台前即將定案的帳單，竟讓人感到無比焦慮。

「多少錢？」

她講得非常小聲。

「抱歉，我沒聽清楚。多少錢？」

她大聲起來：「你要我講幾次？可以專心一點嗎？」

很快地，冰來了。但我食慾驟減，翻騰於胃的不是消化液，而是怒火。我質問自己：沉默什麼？有理虧嗎？要嗆回去的，不吃也罷。

我和朋友說明剛才的遭遇，他們要我息怒，並說人一忙，情緒難免上來。

獲得一點解釋後，我終於吃下第一口冰，但一股急凍往上顎衝去，我的鼻腔開始發疼。這種感覺已很久沒有了。事實上，我愛吃冰，但不能快。因為一快，鼻腔與前額便感劇疼。

我們聊了一些近況後，話題轉往童年。不知不覺，竟翻出那些早已不復記憶的舊帳：誰會偷文具店的筆、誰暗戀誰、誰在安親班老師的綠豆湯倒入去漬油、誰遠足總要家長跟且協助洗澡……

「你以前都叫我什麼？」小Q突然問我。

我愣了一下。經她提示，才勾起心中塵封的小惡。

小Q是那種常把「老師說」、「告訴老師」、「告訴你爸」掛在嘴邊的孩子，彷彿行事典則均以「老師說」這類長輩語錄為法源，沒得商量。她的同學T曾爆料，有次班上繳交美勞作業，T晚一天交，她見了就說：「遲交，跟老師說。會扣十分！」

那時小朋友都叫她「抓耙仔」，我也跟著叫。所謂的童真，其實有點壞，就是喜惡可以恣意外揚，以為一切都是鈍的，沒有割傷力。

「童言無忌。我都忘了，你就別計較。」我說。

很快地，冰吃完了。我們打住聊天，環顧四周：期末考all pass。退伍紀念。到此一遊。老婆好愛你。徵男友。毛毛生日快樂。牆上、桌上、梁柱上，甚至天花板，處處是字跡塗鴉。北中南東，高中二技大專，護校警專軍校，系隊營隊社團，幾連幾旅幾梯。立可白、簽字筆、麥克筆，粗粗細細，昭告擁擠的青春、遠途的跋涉，或是不渝的愛戀。慶功、告別單身、失戀萬歲、考後發洩，或者無所謂的純饕餮均歡迎。然而在轉角還有留字：徵炮友，這是飽暖思淫慾嘛！

我們想留幾句給小Q，卻沒空白處了。

然後這麼一別就是數年過去。

這些年來，我仍不時經過渡船頭。這港灣總有人在吃冰。事實上，這裡的刨冰是無四時的，僅分兩季：芒果季與草莓季。人潮亦是。但這是一種不均的二分法，僅有十二月到二月，人潮才稍退去。

刨冰店接續開張、換裝或改革口味。不安於無味的RO逆滲透冰塊，甜而復古感的黑糖剉冰來了；而改良刨冰刺碎口感，柔滑的綿綿冰、雪花冰也來了；再不久，日系的宇治金時、抹茶冰也來了；然後台南五妃廟口豆腐冰、澎湖仙人掌水果冰也來了。而基本款的紅豆牛奶冰與八寶冰仍在，守著不少戀舊的胃。

有天，我收到簡訊。小Q回台，邀吃冰。我微笑，留歐幾年的她，想吃的還是刨冰。畢竟，那個緯度適合吃冰的月份太少了。但這次成行的人少了。婚姻、孩子、事業等因素，把邀請化為一句句簡單的抱歉。

我們照例來到渡船頭，刨冰盛況依舊。這回我們少了幾年前一起揮汗吃冰的狂熱，偏好空調與寧靜，選擇稍遠處一間新開幕的韓國連鎖咖啡店，點了刨冰，沁涼地聊著。

比起台式刨冰，韓式刨冰顯得粗碎許多，必須拌著紅豆攪，然後含在嘴裡融，無法貪快。我嚐一口，鼻腔發疼的感覺又來了。

我們聊到上一次的吃冰，他們問我是否還記得那位口氣莽撞的店員？坦白說，我未曾遺忘。想起那付錢還受屈辱的瞬間，仍有些怒氣。只是淡淡的，雲煙一場。

「愛記仇。」小Q說完，又開起我叫她抓耙仔的玩笑。我想著眼前的朋友，我們彼此指摘過、告狀過，但童年所憎所惡，不過午後陣雨，明日又是藍天。有過的稜角，醒來後如此遙遠。多年後，我們還是出席彼此的關鍵時刻。

彷彿時間一直在修復。我們莞爾彼此的稜角，歸咎給童真，像口中粗碎的刨冰塊融了，少了刮傷力，拌著煉乳與糖水，成了回甘的滋味。

而我們真的會遺忘彼此不堪的過去嗎？那些以為忘的，其實記著，忽遠忽近，若即若離。那是忽略。而童年會是一個和解的好理由。

鹽埕四篇

食——夜鴨饕餮

有段時間，週五下班後，我會從台南搭火車到高雄看外公，睡一覺，隔天一早便離開。

我時常為趕火車而略過晚餐。抵高雄後，銜接一班60路公車，在終站鹽埕圓環下，時約晚間九點。徒步往外公家的途中，我會吃點東西。一路上，有些店家爐火已滅，闔桌收椅，水管攤長，唰——，留下一地待乾的殘水與粉泡。街上亮著的食肆不多，偶有滷味、鹽酥雞、快炒、火鍋等店家。

我往往行經大智路，在一間亮著黃底紅字的「鹽埕鴨肉意麵」店內，點了一碗乾意麵。這碗麵很簡單，固定是豆芽菜、韭菜、肉燥、醬汁，以及三片煙燻鴨肉。店裡提供免費紅茶，飲來有些甜膩。我會喝上一杯，晚餐就此解決。分量不大，也好，我不是喜歡在睡前暴食的人，這樣的解饞很溫和。

其實知道這店已經很久了。以前外婆會來此買鴨肉，據聞喜歡鴨隻的炮製方式。它沒有港式燒鴨裡，那種酥脆褐紅、油脂滴凝的皮，而是燻黃、咬來豐厚彈Q的皮；肉質上則較為濕潤、鮮滑，鎖住了水氣，不乾澀萎縮。但我反覆嚐食的原因，不是鴨肉，而是意麵。此麵歷經炸與烘乾，成箱送來，接著被扔進沸鍋，滾燙吸水，寬扁的麵身，金褐棕黃地開始膨脹，鬆軟具彈性，拌淋肉燥，成了獨門的鴨肉意麵。

店裡員工看上去是自己人。服務態度不冷，但也不至於熱情。居中適度，不慍不火，反而有一種家居時，毋需多言與多禮的自然。老闆負責剁切鴨肉，老闆娘負責煮麵燙菜。另有一女，可能是親戚，負責洗碗收拾。有時兒子也來幫忙，一位或二位，常穿印有NAVY的白T。他們大概維持這樣的分工，偶爾越界，過渡了一些權責，隨後又交還。

店面不大。用餐的地方只有騎樓加店內幾張桌子，盡頭處被一堵木牆隔住。木牆之後，便是起居睡臥的私領域了。這樣的營生空間裡，真正的家門被逼退了，來來去去的食客，坐據屋內，不只品嚐廚藝，也觀看這家子的互動，聽著對話，拼湊一件件斷頭或缺尾的家事。

有次與朋友逛完駁二，他們提議來碗鴨肉意麵。我有些驚訝，這認知裡極私房且鄰家的小吃，竟被外地人指認，原來已被許多旅遊書歸列為鹽埕美食。只是臨店時，鐵門深鎖，告示寫著下午五點營業。我才想起這些日子來，我對鹽埕的輪廓多是晚間的。我熟悉的食肆，多數晚間九點仍亮著，照著鹽埕的邊邊角角，煎煮炒炸，暈暈黃黃進入午夜而跨日。

儘管被媒體、旅遊書報導過，這晝伏夜出的鴨肉意麵店，仍不至於聲名大噪，它保有家常似的簡約，不瘋擠，不雜嚷。對一些人來說，是深夜續攤的去所；但對我而言，是夜歸路上，中途的果腹。在正餐已遠的夜裡，一人隱身馬路旁、微亮的小店，來碗燻鴨意麵，看著眼前上演的忙進忙出，一家人的分工、踏實的營生，彷如店外「鹽埕鴨肉意麵」的鮮黃招牌，成為夜裡最亮最暖的香料。

衣——櫥架魂留

小時有次因學校公演，老師規定當天要穿背心上台。我臨時找不到背心，母親便帶我到堀江商場挑了件深藍毛織背心。這是我的衣物史中，唯一一件源自堀江商場的。

如今我回想此事，覺得母親在堀江買背心，或許源於一種家庭習慣。因為外公不少衣著、配件都是外婆從堀江買來的。她們熟識了某些店家，習慣一種關係上衍生的專屬折扣。

或許因此，堀江給我的感覺是很外公的。印象中，他的衣著大概就是白、黑、深藍、墨綠等底色，線條乾淨，花色不多，有些嚴肅，也有些寂寞。

我沒有經歷過堀江商場輝煌的盛世。有記憶以來，就是新堀江的時代了。那時朋友間常約去逛新堀江。我和他們逛過幾回，有時對於他們那種不乾脆、漫無目標的挑衣感到厭倦。事實上，對於「衣」這檔事，我的啟蒙是晚的，自覺與敏銳度皆遲緩。高中以前我對穿著毫無主見，衣服就是蔽體與禦寒，合身就好。我不講究穿衣，甚至有次國中戶外郊遊，同學換上陽光青春的便服，我竟穿一件舊T和體育課運動褲來郊遊（我在搞什麼？現在回想頭皮會發麻）。

要到上大學，我對衣事才略有概念。有回，受中文大學之邀，至香港銅鑼灣參加一場座談，接洽我的研究生，不忘提醒我：「請穿正式點，最好是西裝！」

那時西裝對我來說是很遙遠的事。但我想了想，覺得有套西裝，晾在衣櫥內供正式場合之用，也是必要的。

由於不諳衣料的行情、清洗的繁瑣度、布材的磨損性，我問媽：哪裡的西裝最耐穿？她想了想，說去堀江看看。

或許我媽也缺乏經驗。我們在堀江繞了一圈，竟沒找到西服店。後來她帶我去家樂福。試穿後，我感到全身不對勁，卻說不上來。

「哪邊不滿意？」店員問。

我說不上來，只覺得沒有日本的感覺。或許日本給我的感覺就是很西裝的。走在東京街頭，那黑得發亮的布面，彷彿西裝就該光鮮、筆挺、城市感的。

離開家樂福，那晚我在新堀江的G2000買下人生第一套西裝。似乎開始對衣著有了準繩——不能只滿足穿的原始慾望，還要額外且高比例的美觀價值。

往後，因為工作關係，我陸續為自己挑了幾件襯衫、西褲、領帶、公事包；來到日本，當朋友走進藥妝店，我則逛起西服店，彷彿成了旅日的must-do list。

有次，我重返堀江商場，不是購衣，而是受託去買進口零食。我感到一種迥異且強烈的商場氣味，和城裡那些組成專櫃極度類似的malls是不一樣的。這是居家的，也是漫不經心的。有的店開著，卻不見店員；有的店員盯著電視螢幕，對於過往行人，不投下任何生意的眼神；有的店員上了年紀，搬來藤椅，索性在門口打起盹來；也有店家鐵門深鎖，門外停了幾台機車，門楣上題字早已斑駁。年輕人鮮少在此買衣，零星顧客偶爾翻翻店外活動吊架特價的長褲便離去。穿越堀江幽微廊道，看著店家或掛或懸，呈列著襯衫、POLO衫、外套、夾克，彷彿櫥架置著衣物，也歸檔著品味、個性與時光。那是超乎肉體的。是一種魂，在古老鹽埕的街弄裡，力抗一個洶湧的時代。

住——舊巢滋味

有一年我到紐西蘭旅行。旅程第四天，來到南島東岸一座叫奧瑪魯（Oamaru）的小鎮。沿泰晤士街南下，兩旁米黃色屋身常是帶點灰黑，其上雕刻斑駁，紋路暗沉。這裡並不熱鬧，唯一有精神的是戶戶懸吊的花籃，燦爛開滿一路。盡頭處，則是一片十九世紀英國殖民留下的建物。

我來到一間青年旅館，二層樓，旁邊是十九世紀的國民銀行，對街是十九世紀的第一郵局。而旅館的騎樓遮棚上寫著：「EMPIRE HOTEL 1867」。也是十九世紀。

進門，狹擠的通道底是接待室。老闆是位髮及肩的男子，整個人傳遞給我的訊息是：有個性。Check in過程相當簡單，付錢拿鑰匙，老闆只說木製地板老舊，晚上走路得小聲免得打擾人。

這是一種很奇特的感覺：我住進十九世紀石灰岩打造的建物裡，地上鋪著華麗而年邁的毛毯，走過嘎吱作響的木階；來到地下室，石灰地面裸露，蒙塵的波斯地毯旁有老風琴、沙發與暖爐，牆上幾張騎士肖像，一些銀器銅飾，光線幽暗，空氣陰冷。彷彿就此被無邊的歲月吞沒，捲進一場異境。

那晚，我想起鹽埕的外公家。雖然對我而言，這只是一段左營到鹽埕的距離，但每逢過節在此住上一晚，許多舊事會甦醒，淡去的重新回溫。

外公家在五福四路的小巷內。那是一座過氣的商場，商場外有四個大且寂寞的字——今日商場，但從我有記憶以來就安息了，店鋪深鎖，零星匾額懸門楣，寫著：○○百貨行。而外公家挨在裡頭，屋內格局很日式：鋪滿榻榻米的房、架高的木製地板、障子紙黏貼的門。從小露台望外看，全是中古的建物。後來有連鎖飯店進駐五福四路，深夜從巷弄中仰頭一望，「福容大飯店」五個字亮著，我想像裡頭氣派現代的格局，竟有一種在上海弄堂觀望浦東大廈的對照。

我跟著外公看日本電視台、吃日式料理，聽他台日語交錯談往事，以及種種繁瑣的家規。總覺得還有一種流轉的、精神上的日本，在這座建物內發生，那是重度潔癖、一板一眼、講求對齊與折線。我能理解日式教育影響外公甚遠，年輕時他被派往九州習醫，二戰期間赴漢口救治日軍傷患，與日本產生一種特殊的情感，即使被殖民並不仇恨。

走出外公家，轉角處則有間素色中古飯店，線條簡單，窗間灰舊，店名「百騏大飯店」。但紅漆已褪，連「百」字也掉了，索性擱著，光陰就此止步；也有上了年紀仍屹立的華王飯店。街路巷弄，新的舊的，大飯店小旅社，商務觀光一夜情，在住的事件上，鹽埕靜靜告訴旅人，一座城有過的興始、璀璨與代謝。近來更有老屋新造，有段時間，堀江商場對街的叁捌旅居，便是由老婚紗店改裝來的建物，昔日鹽埕的生活線條，在此還原，老枝吐新綠。

老屋入住成為旅遊風尚。京都的古寺、全州的韓屋、北京的胡同、馬德里近郊的城堡，動輒百餘年，歲月力量如此驚人。比起奧瑪魯這間百餘年旅店，外公家的屋齡顯得淺短。但它們都有殖民的故事，有形或無形，也都有各自的繁華史。時光讓建物偉大。我想起旅遊雜誌看過的客家土樓、蒙古包、土耳其洞窟、莫斯科史達林建築……，有天也該至此住上幾晚，讓「住」這檔事傾吐時代大巢裡的細紋。

註：二〇一九年十一月，走過五十一年的華王大飯店歇業了；閒置的百騏大飯店則在近年改裝為秝芯旅店駁二館，外觀明亮活潑。

行——圓環紀事

鹽埕有個環。

小時當我向同學說起鹽埕的容貌，常是如此。當年認得的地名不多，但知道往外公家的公車車頭刊版上，不是寫著「鹽埕站」就是「鹽埕圓環」。

從我就讀的國小到鹽埕，若是就近，只有兩線公車可搭：0北或33，皆非常難等。有時

外公家是一幢外觀平凡的中古屋，裡頭卻恍如日本：鋪滿榻榻米的房、架高的木製地板、障子紙黏貼的門，以及大量以「木」為概念的窗櫺、櫥櫃、桌凳。

（上）外公家在五福四路的小巷內，一個叫今日商場的地方，但從我有記憶以來商場就安息了。

（下）瑞士大飯店是大禮街上的老飯店，外公戀眷的滋味。然而飯店已廢，成為空屋。

錯過了，就是四十分鐘以上的重新倒數。此時，我會徒步跨越三、四個街區，來到九如路上，一個叫「鳳鳴電台」的站牌，那裡有多線公車往鹽埕，仍存於記憶的至少就有15、28與39等三線。

那時，公車鹽埕站是大站，常讓我有「班班公車通鹽埕」的錯覺。在鹽埕站轉車與在火車站轉車，感受到的樞紐意義相去不遠。

15路是當年我常遇上的公車。它會先繞進火車站，接著直行中山路，在中正路口、人們口中的「大圓環」右轉，經中華路口的「小圓環」，然後市議會、台灣銀行，過橋，市政府，盡頭便是鹽埕圓環。

我喜歡15路公車在中正路上這十分鐘不到的車程，三座圓環依序開展。或許因路面寬闊，這些圓環顯得大器，像城市的鈕扣，展示了規矩，梳整了起伏，流動出一座體面的城。

事實上，除此「三環」，高雄市區裡還有不少氣派的圓環，比方三多圓環、民生圓環、中華五福圓環等。但以圓環作為一個巴士總站，只有鹽埕圓環。

圓環的初衷大抵是交通考量。各方來車匯進圓環，在無號誌的構想下，按循旋轉法則流動。因此圓環所在地，多意味著交通要塞，有城市的規模佐證，也有城市的格局與遠見。

圓環既收也放。條條大路歸於此亦散於此。最具代表的當推巴黎凱旋門所在的戴高樂廣場（Place Charles de Gaulle），十二條道路於此交會又散去，隆重且壯麗。

有一年夏天，我來到約旦首都安曼，在壅塞的早晨裡，擠上公車，從舊城區往新城區移動。我惡補了幾條路名的阿拉伯語，問了一旁乘客，他聽不懂。攤開地圖，他見了馬上頓悟，告訴我要在第七圓環下車。

後來才知，安曼市區有條Zahran Street，共八個圓環。哪個圓環搭車，哪個圓環轉彎，當我問路，常得到如此回覆。安曼向我展示了一種以圓環來定位的城市語境。

離開安曼那天，小巴沿著Zahran Street走，司機讓我在一個圓環下車，告訴我這裡等車，有大巴往Aqaba，記得準備護照，沿路隨時有臨檢。

「在圓環等車。」我突然感到熟悉且安心。即使旅程充滿許多不確定性。

是啊，母親、外婆、外公，也曾以圓環當作一種行路的語彙：在圓環等車。鹽埕圓環，他們口中的圓環，往火車站、往左營、往鳳山、往前鎮，交通的意義多過小吃或誠品，和台北圓環或敦南仁愛圓環很不一樣（雖然現在也不再有小吃或誠品的指涉了）。

有次，我從火車站搭60路公車。上車前向司機確認往鳥松還是鹽埕圓環。司機笑說：「早沒圓環啦！是捷運鹽埕埔。」

其實我也知道圓環消失了。只是鹽埕圓環還是一種很順的說法，至少在一些人的記憶裡仍轉著。當年那些駛進鹽埕的各路公車，如今有的已改道，有的整併，有的撤退。或許有天，「鹽埕圓環」這個語彙也會在一個世代的舌尖上消失。

高雄港的高字信號台與貨櫃商船。日落時分整座港埠映染金黃，說著港的壯闊、海的遼闊，與城的豪闊。

九歌文庫　1347

12元的高雄

國家圖書館出版品預行編目（CIP）資料

12元的高雄 / 黃信恩著. -- 初版. -- 臺北市：九歌出版社有限公司, 2021.02

面；　公分. --（九歌文庫；1347）

ISBN 978-986-450-327-8（平裝）

863.55　　109021989

作　　者——黃信恩
責任編輯——鍾欣純
創 辦 人——蔡文甫
發 行 人——蔡澤玉
出　　版——九歌出版社有限公司
臺北市八德路3段12巷57弄40號
電話／02-25776564・傳真／02-25789205
郵政劃撥／0112295-1

九歌文學網　www.chiuko.com.tw

印　　刷——晨捷印製股份有限公司
法律顧問——龍躍天律師・蕭雄淋律師・董安丹律師
初　　版——2021年2月
初版2印——2024年5月
定　　價——350元
書　　號——F1347
I S B N——978-986-450-327-8

高雄市政府文化局 合作出版
Bureau of Cultural Affairs Kaohsiung City Government